语文教师小丛书

语文教师小丛书

老舍谈写作与阅读

老 舍 著

商务印书馆
创于1897 The Commercial Press

图书在版编目（CIP）数据

老舍谈写作与阅读 / 老舍著. —北京：商务印书馆，2021（2025.1 重印）
（语文教师小丛书）
ISBN 978-7-100-20077-6

Ⅰ. ①老… Ⅱ. ①老… Ⅲ. ①文学创作—文集②读书方法—文集 Ⅳ. ① I04-53 ② G792-53

中国版本图书馆 CIP 数据核字（2021）第 113053 号

语文教师小丛书
老舍谈写作与阅读
老舍 著 李节 编

商 务 印 书 馆 出 版
（北京王府井大街 36 号 邮政编码 100710）
商 务 印 书 馆 发 行
北京市十月印刷有限公司印刷
ISBN 978 - 7 - 100 - 20077 - 6

2021 年 8 月第 1 版　　开本 787 × 1092 1/32
2025 年 1 月北京第 5 次印刷　　印张 9¾ 插页 2

定价：48.00 元

出版说明

本馆历来重视教育，自1897年创立迄今，以“昌明教育，开启民智”为宗旨，始终肩负中国新教育出版重任，编辑出版中小学、大学各科教科书，教学参考书，师范用书，移译各国教育书籍，分类编纂，精益求精，尤为教育界所欢迎。

我们确信，无论时代潮流如何变迁，教师始终应当具备丰富的文化知识。语文教学具有基础性和综合性的特点，语文教师尤其需要广泛吸取各类有益的思想文化知识，充实自己的头脑。承载这类知识的图书品种十分丰富。那些为语文教师所公认的经典好书，蕴含着丰富的知识思想和学术价值，值得反复阅读。过去，这些书或以单行本印行，或收入其他丛书，从语文教师文化知识积累角度而言，难成系统，不便于收集和查考。为此，我们在广泛征求意见的基础上，从满足语文教师专业成长需要出发，立足中华优秀传统文化、立足中国传统学术成果，选择语文领域为学界所公认和熟知的大家经典，汇编成“语文教师小丛书”，陆续编辑，分辑印行，以期相得益彰，蔚为大观，既便于教师研读查考，又有利于文化积累。

晚清教育家张之洞说过："读书宜有门径。泛滥无归，终身无得；得门而入，事半功倍。"愿这套丛书能够为语文教师指示一条读书的小径。希望海内外教育界、知识界、读书界给我们批评、建议，帮助我们把这套丛书出好。

商务印书馆编辑部

2017 年 1 月

目 录

第一辑 怎样写文章

第二辑 人、物、语言

第三辑 写与读

第一辑　怎样写文章

怎样写文章[*]

写文章并没有什么特别的方法，仅就我个人的经验作点报告，这不是一定的不变法则，只是提供一些参考而已。

不论是写一百个字，两千个字，或是五十万字的一篇文章，都是一个样子，全想过了再写。在我们小的时候写文章，老师在黑板上出个题目，不管是爱国论也好，是清明时节也好，总先写上“人生于世”四个字，再往下连。这样当然写不好文章。大家都说用白话好写文章，只要将说的话写下来就行了，其实不然，说话到底不是写文章。譬如两个人坐冷酒馆，他们从酒味谈到日常生活，谈到女人，又谈到世界大局，甚至于谈到平价米，买猪肉，爱谈

---

* 本文是作者的讲演，由胡塞记录。原载1945年4月20日《书报精华》第四期。

什么就谈什么，是可以随便的。写文章可就不能这样了，设若将坐冷酒馆的谈话，一字不漏的记载下来，送往报章发表，人家看了，一定会骂你胡说，有神经病。所以，写文章是应该先想过了再写，就不会被骂为神经病，也不会每篇都用“人生于世”了。现下有些青年，只想到了一点，甚至连想都不想，提笔就写，大有所谓才子，不假思索，简直是在糟蹋纸张。

当想的时候，我们得想到这篇文章大致要说些什么。第一段说什么，第二段说什么，第三段说什么，第四段说什么，把它截开成一段一段的来想。我们常听说写文章是有灵感作用的，这话确也不错，只是灵感一涌，文章都来了，完全是胡说。灵感只是很少的一点东西，决不够写一篇文章用。一篇文章的写成，是靠我们的功夫，我们自身的文章修养，而我们得到了灵感，不想全就下笔，结果只能写得很少的一点。即使，至多高高兴兴地写一万字就没有了，你必得先想完全，一段一段地想过了该说些什么，然后下笔，就保了险了。为什么？因为你已经看到了最后一段，不致中途而废的！要不然，永远只是“人生于世”。

过去的老八股，都是千篇一律，没有异样，提倡作八股，正是养成那时候的一般人麻木性，奴隶性，好使服从皇帝。现在我们写文章，要每篇每篇的不同。假如分好了段，看打哪边写起，是人生于世呢？人生不于世，还是先从狗说起？决定用哪种写法漂亮，哪种写法经济。写法经济是写文章很主要的一点。只有要每篇文章不一样，将来才越写越高兴，花样越多。有些人往往拿起笔就发愁，正因为他根本不去想，若大致想了从哪个角落下笔，再一直写，如此，写文章倒是很快活的事情。

写文章必得抓牢每篇的重点，没有重点，就不能成其文章。有些青年，老是啰唆一大篇，结果不知道他写些什么。你问问他自己都不明白重点在哪儿。不论是什么样的文章，必定有一个重点，假若本篇以人为中心，则人物的性格，举止容貌，我们必须描写得灵活生动。假如本篇以事为中心，我们就得老老实实，必须将这件事写得清清楚楚。知道了重点，就懂得用哪一种文字或支配文字。比方写限价一类的文章，你用上些“祖国在呼唤”和“怒吼”的字样；写赈灾，你也用上了些“祖国在呼唤”“怒吼”的字样，那根本不是文章。文章应是一篇一样，要刺激读者的眼泪，使读者读到必哭；要使读者高兴，读者读到必乐。如何决定了内容，如何用什么样的文字。并不是写上祖国在呼唤，写上怒吼就成了文章。假如能这样写，你的笔才会是活的，不是刻板的。所以先得想过，然后决定从什么地方写，怎么样写的经济，漂亮，写人还是写事，使人笑，还是要使人哭，总之，你必得用你的思想来支配文字。我们读莎士比亚写的悲剧，是悲剧的情调；喜剧，是喜剧的情调。而如今的青年，只背得“祖国”“怒吼”这一套字眼，被这一群字压得不能动，不管什么地方，都填满了这些字眼，可说不是写文章，而是替文字做奴隶。我们是文字的主人，我们要如何写，文字就得写成如何，必得使文字受我的支配！因此每一篇才有每一篇的特色，如果没有特色，无论如何写不成文章的。

文字能用好了，很有趣，你让它做什么，它就替你做什么。我们读到杜甫、李白、陆放翁们的诗，读到《兵车行》一类的文字，使你觉到很紧张，很振奋。读到垂钓一类的文字，使你很轻松，很安闲。不但字面不同，颜色不同，连声调也不同。雄壮的，字朗音强而较快；悲哀的，字淡音长而较缓，多念念就可明白这一点。再拿平剧来说，焦急时总是唱快板多，皇帝出场差不多老是唱慢板，从没有人发怒，还慢吞吞地子曰，诗云。因之，我们可知道文字是有音乐性的。把握了重点，决定了情调，全由你自己调动文字，使高使低，使快使慢。我们时常又听到说“风格”两字，大致就是这个样子的。我怎么看，我怎么说，老是有个我，将我的情感放在文字里面，对文字适当的运用和支配，就是有了风格，简单的说，就是如何让每篇文字有每篇的味道，我们让它酸，读者就感到它酸，我们让它甜，读者就感到它甜，不酸，不甜，不苦的文章，就是没有味道，和豆腐一样。豆腐是没有风格的，至少我们也得想法，使豆腐做成酸辣汤呀！大致分好了段，决定了说法，又看刺激是些什么，用怎么样的情感，生出怎么样的效果来，再才提笔谈到写。

首先，你得认识这头段的思路，由几十句子中，即可看出发展的倾向。句，是段的单位，是完整的东西，好些青年一段写上六七十句，从头句直到一段末了，才画上一个圈，这无法成文章。断不成句的文章，是没有办法读的，就永不会知道说些什么。切记断句，写一句像一句。

把一段想过了说些什么，再看头句应当说什么，第二句以下应当说什么。我写文章，总是想好了四五句才落笔，向来没有一句一句的想着写，因为把句子想得起，下笔就很省事。这四五句都是在脑子里想过，在嘴里念过，这样地落笔，就会很有把握了。

句子的组织，非常重要，你得把你的感情放在文章里面去刺激感情，决定这情调是悲哀，你的句子的组织，得多用灰色的、悲哀的字眼；是快活，你得多用轻松的、活泼的字眼。你把你想的句子写出声来，落笔就能成为像你所想象的句子。有时看看不错，可是一写出声就不成了，那你必得修改，声音在嘴里经过时，已经都将句子调动好了。

将句子组织想好，便成立得住，方可能合乎口语。必要时，我们也可用用欧化文法，因为中国的文法较简单，假如能不用欧化文法，而能用自己的文法，那岂不更好吗！若写前先写出声，写出来总会合乎口语的，能用好的口语代替欧化文法，会更好听。

第一步求得句的完整，其次就是调动句与句之间的变化，那即是说句之长短，非念出声不晓得，这与生理有些配备关系。比方第一句三十字，第二句三十字，第三句还是三十字，这样，读时就无法喘过气来。如果第一句十个字，第二句四个字，像这样有长句，有短句，读时就可以喘过气来，也会感到舒服。调动句子并没有什么一定法则，只要能用心。譬如上句用“吗”字，是平声，下句就用“了”字，是仄声。不要老了了了的了到底，除非是特殊效果——钱没有了！米没有了！眼泪也流完了！除非是特别的情形，两句里是不用同字的。像五绝七律的几十个字中，很少用相同的字，甚至于完全没有。写白话，有时不好避免，可是得尽量找出同意义的字替用，拿起一篇文章一看，即能断定用没用心写，就怕是一挥而就，像叶圣陶、朱自清等先生的文章，都是极清楚，极用了心的。又像鲁迅先生的三四百字一篇的散文，写起来都非常结实，因为他把每个字都想过了。

句的构成是字。在西洋有“一字”说，特别是法国的文艺，福楼拜教莫泊桑说：“一个意思，必有一个极恰当的字，而且只有一个。”这话并不一定正确，至少得拿它当个原则，得尽力找出最恰当的字。我差不多天天都接到青年的习作，里面常常用字用错了。例：

原野上火光熊熊——“熊熊”在《辞源》里的解释，是青色光貌，是我们在炭盆里，常看到的一点火光，用在原野，描写火光的烈和旺，又怎能恰当呢？

征子——我们只常用“征夫”“征人”，而从没有人用“征子”。

太阳耀了大地——“耀”字不可拿作动词用，除非用于旧诗里。用“照”字不是很好吗？

所以用字不可乱用，要用的恰当，要怎么才能恰当呢？就是不怕麻烦，用一个字得查查辞典是否此意，再想想有没有第二个字比这个字更好。所谓恰当的字，并不是叫你造字。如同砖瓦匠，砖瓦是固定的，砌得矮矮小小的就不成为人住的房子，而成狗窝了。语言是固定的，也不能随意改，随意造。我们写东西应当深，深的使人懂，并不是使人迷。陆放翁有两句诗：“小楼一夜听春雨，深巷明朝卖杏花。”这当中没有一个让我们不懂的字，而且，两句绝对相对。没有办法可以去修改一个字，虽然这已经是宋朝时的文字。尤其是用的“听”和“卖”两字。让我知道有两个人，有声音。更可看出当时的境界，是诗人的境界。愈是好文章愈浅，最不好也能使人懂，这就是如何去找像你所想的声音和意义的恰当的字了。更明白的说：“选用人人都懂而恰当的字，排列起来成一绝好的图像而无法更改，就叫创造。”

不要乱用字，更不能乱造字，一个字有一个字的习惯，言语是极自然的东西，是从古来的，并不是打昨天才开始有，我们岂可随便更改言语？这不仅是字的问题，同时还有体贴的问题，在人情中体贴到某种情况时，就用某种字，体贴愈深，用字的情愈热。对人情越发明白，才能写出好的文章。这样谈又近于生活丰富的问题了。

每一个字都必得用全力想，想不到第二个字，就要用得恰当使人懂。形容词很难用，最好少用，用得不恰当，会将整篇文章弄得更坏。要形容，一定得在体贴中形容出来，才不至于贫乏。人说过了的，我们就不再说，可是也不能凭自己意思乱编造。有时写一段七八十句的文字，写到三四十句，觉得很平淡，这时用一个很好的形容字眼，可以醒目，使文章增加力量。普遍形容，是永远不会写好文章的。再就是要有极好的联想，文章要能惊人，就是将两个极端的什物拉拢在一块，显明图像。如脚踵形容秃顶，柳条形容女人的腰。如果没有好的形容字从联想中产生出来，最好还是淡淡的写，少抄袭。

除以上将全篇大致想过，决定这篇文字的路向和把握重点，选用方法的漂亮而经济，句与句的调动，以及用字的恰当和体贴运用形容字，更使得丰富生活，真诚，负责任，决不要欺骗自己。只有这样，才能将文章写好。虽然我们不能保险每个人都成为作家，至少写出来的文章，不会被骂为胡闹，有神经病。

切记！全想过了再写，不要提笔就挥。如果今后一挥而就的文章都算成功，我敢说，中国以后就会永远没有文艺了！

谈叙述与描写*

——对北京大学中文系学生的讲话摘要

写文章须善于叙述。不论文章大小，在动笔之前，须先决定给人家的总印象是什么。这就是说，一篇文章里以什么为主导，以便妥善安排。定好何者为主，何者为副，便不会东一句西一句，杂乱无章。比如以西山为题，即须先决定，是写西山的地质，还是植物，或是专写风景。写地质即以地质为主导，写植物即以植物为主导，在适当的地方，略道岩石或花木之美，但不使喧宾夺主。这样，既能给人家以清晰的印象，又能显出文笔，不至全篇干巴巴

* 本文原载1962年《北京文艺》二月号。收入文集《出口成章——论文学语言及其他》。

的。这样，也就容易安排资料和陈述的层次了。要不然，西山可写的东西很多，从何落笔呢？

若是写风景，则与前面所说的相反，应以写景为主，写出诗情画意，而不妨于适当的地方写点实物，如岩石与植物，以免过于空洞。

是的，写实物，即以实物为主，而略加抒情的描写，使文章生动空灵一些。写诗情画意呢，要略加实物，以期虚中有实。

作文章有如绘画，要先安排好，以什么为主体，以什么烘托，使它有实有虚，实而不板，虚而不空。叙述必先设计，而如何设计即看要给人家的主要印象是什么。

叙述一事一景，须知其全貌。心中无数，便写不下去。知其全貌，便写几句之后即能总结一下，使人极清楚地看到事物的本质。比如说我们叙述北京春天的大风，在写了几句如何刮法之后，便说出：北京的春风似乎不是把春天送来，而是狂暴地要把春天吹跑。这个小的总结便容易使人记住，知道了北京的春风的特点。这样的句子是知其全貌才能写出来的。若无此种的结论式的句子，则说的很多，而不着边际，使人厌烦。又比如《赤壁赋》中的“山高月小，水落石出”这八个字，便是完整地画出一幅画来，有许多画家以此为题去作画。有了这八个字，我们便看到某一地方的全景，也正是因为作者对这一地方知其全貌。这才能给人以不可磨灭的印象。这才能够写得简练精彩。

“山高月小，水落石出”这八个字，连小学生也认识。可是，它们又是那么了不起的八个字。这是作者真认识了山川全貌的结果。我们在动笔之前，应当全盘想过，到底对我们所要写的知道多少，提得出提不出一些带总结性的句子来。若是知道的太少，心中无数，我们便叙述不好。叙述不是枝枝节节地随便说，而是把事物的本质说出来，使人得到确实的知识。

或问：叙述宜细，还是宜简？细写不算不对。但容易流于冗长。为矫此弊，细写须要拿得起，推得开。古人说，写文章要精骛八极，心游万仞。这是什么意思呢？就是作者观察事物，无微不入，而后在叙述的时候，又善于调配，使小事大事都能联系到一处，一笔写下狂风由沙漠而来，天昏地暗，一笔又写到连屋中熬着的豆汁也当中翻着白浪，而锅边上浮动着一圈黑沫。大开大合，大起大落，便不至于冗细拖拉。这就是说，叙述不怕细致，而怕不生动。在细致处，要显出才华。文笔如放风筝，要飞起来，不可爬伏在地上。要自己有想象，而且使读者的想象也活跃起来。

内容决定形式，但形式亦足左右内容。同一内容，用此形式去写就得此效果，而另一形式去写则效果即异。前几天，我写了一篇《敬悼郝寿臣老先生》短文。我所用的那点资料，和写郝老先生生平事迹的相同。可是，我是要写一篇悼文，所以我就通过群众的眼睛来看老先生的一生。这便亲切。从群众眼中看出他如何认真严肃地演剧，如何成名之后，还孜孜不息，排演新戏。这就写出了他是人民的演员。因为是写悼文，我就不必用写生平事迹所必用的某些资料，而选用了与群众有关的那一些。这就加强了悼文的效果。形式不同，资料的选取与安排便也不同，而效果亦异。

叙述与描写本不易分开。现在我把它们分开，为了说着方便。下面谈描写。

描写也首先决定于要求什么效果，是喜剧的，还是正面的？假若是要喜剧效果，就应放手描写，夸张一些。比如介绍老张，头一句就说老张的鼻子天下第一。若是正面描写，就不该用此法。我们往往描写的不生动，不明确，原因之一即由于事先没有决定要什么效果，所以选材不合适，安排欠妥当。描写的方法是依效果而定。决定要喜剧效果，则利用夸张等手法，取得此效果。反之，要介绍一位正面人物或严肃的事体，则须取严肃的描写方法。语言文字是要配合文章情调的，使人发笑或肃然起敬。

在一篇小说中，有不少的人，不少的事。都要先想好：哪个人滑稽，哪个人严肃，哪件事可笑，哪件事可悲，而后依此决定，进行描写。还要看主导是什么，是喜剧，则少写悲的；是悲剧，则少写喜的。

一篇作品中若有好几个人，描写他们的方法要各有不同，不要都先介绍履历，而后模样，而后衣冠。有的人可以先介绍模样，有的人可以先介绍他正在做些什么，把他的性格烘托出来——此法在剧本中更适用，在短篇小说中也常见，因为舞台上的人物一出来已打扮停妥，用不着描写，那么叫他先做点什么，便能显露他的性格；短篇小说篇幅有限，不能详细介绍衣冠相貌，那么，就先叫他做点事情，顺手儿简单地描写他的形象，有那么几句就差不多了。

练习描写人物，似应先用写小说的办法，音容衣帽与精神面貌可以双管齐下，都写下来。这么练习了之后，要再学习戏剧中的人物描写方法，即用动作、语言，表现出人物的特点与性格来。这比写小说中人物要难的多了。我们不妨这么练习：先把人物的内心与外貌都详细地写出来，像写小说那样；而后，再写一段对话，要凭着这段对话表现出人物的精神面貌来，像写剧本那样。这么练习，对写小说与剧本都有益处。

这也是知其全貌的办法。我们先知道了这个人的一生，而后在描写时，才能由小见大，用一句话或一个动作，表现出他的性格来。一个老实人，在划火柴点烟而没点燃的时节，便会说："唉！真没用，连根烟也点不着！"一个性情暴躁的人呢，就不是这样，而也许高叫："他妈的！"这样，知其全貌，我们就能用三言五语写出个人物来。

写景的方法很多，可以从古今的诗与散文中学习，描写人物较难，故不多谈写景。

描写人物要注意他的四围，把时间地点等跟人物合在一处。要有人，还有画面。《水浒传》中的林冲去沽酒，既有人物，又有雪景，非常出色。武松打虎也有景阳冈作背景。《红楼梦》中的公子小姐们，连居住的地方，如潇湘馆等，都暗示出人物的性格。一切须为人物服务，使人物突出。

一篇小说中有好多人物，要分别主宾，有的细写，有的简写。虽然是简写，也要活生活现，这须用剧本中塑造人物的方法，三言五语就描画出个人物来。我们平时要经常仔细观察人，且不断地把他们记下来。

在描写时，不能不设喻。但设喻必须精到。不精到，不必设喻。要切忌泛泛的比喻。生活经验不丰富，知识不广博，不易写出精彩的比喻来。

以上所说的，都不大具体，因为要具体地说，就很难不讲些修辞学中的道理。而同学们的修辞学知识比我还更丰富，故无须我再说。我所说的这一些，也并不都正确，请批评指正！

别怕动笔*

有不少初学写作的人感到苦恼：写不出来！

我的看法是：加紧学习，先别苦恼。

怎么学习呢？我看哪，第一步顶好是心中有什么就写什么，有多少就写多少。

永远不敢动笔，就永远摸不着门儿。不敢下水，还学得会游泳么？自己动了笔，再去读书，或看刊物上登载的作品，就会明白一些写作的方法了。只有自己动过笔，才会更深入地了解别人的作品，学会一些窍门。好吧，就再写吧，还是有什么写什么，有多少写多少。又写完了一篇或半篇，就再去阅读别人的作品，也就得到更大的好处。

---

* 本文原载1960年5月1日《文艺新兵》五月号。收入文集《出口成章——论文学语言及其他》。

千万别着急，别刚一拿笔就想发表不发表。先想发表，不是实事求是的办法。假若有个人告诉我们：他刚下过两次水，可是决定马上去参加国际游泳比赛，我们会相信他能得胜而归吗？不会！我们必定这么鼓舞他：你的志愿很好，可是要拼命练习，不成功不拉倒。这样，你会有朝一日去参加国际比赛的。我看，写作也是这样。谁肯下功夫学习，谁就会成功，可不能希望初次动笔就名扬天下。我说有什么写什么，有多少写多少，正是为了练习，假若我们忽略了这个练习过程，而想马上去发表，那就不好办了。是呀，只写了半篇，再也写不下去，可怎么去发表呢？先不要为发表不发表着急，这么着急会使我们灰心丧气，不肯再学习。若是由学习观点来看呢，写了半篇就很不错啊，在这以前，不是连半篇也写不上来吗？

不知道我说得对不对，我总以为初学写作不宜先决定要写五十万字的一本小说或一部多幕剧。也许有人那么干过，而且的确一箭成功。但这究竟不是常见的事，我们不便自视过高，看不起基本练习。那个一箭成功的人，想必是文字已经写得很通顺，生活经验也丰富，而且懂得一些小说或剧本的写法。他下过苦功，可是山沟里练把式，我们不知道。我们应当知道自己的底。我们的文字的基础若还不十分好，生活经验也还有限，又不晓得小说或剧本的技巧，我们顶好是有什么写什么，有多少写多少，为的是练习，给创作预备条件。

首先是要把文字写通顺了。我说的有什么写什么，有多少写多少，正是为逐渐充实我们的文字表达能力。还是那句话：不是为发表。想想看，我们若是有了想起什么、看见什么和听见什么就写得下来的能力，那该是多么可喜的事啊！即使我们一辈子不写一篇小说或一部剧本，可是我们的书信、报告、杂感等等，都能写得简练而生动，难道不是值得高兴的事吗？

当然，到了我们的文字能够得心应手的时候，我们就可以试写小说或剧本了。文学的工具是语言文字呀。

这可不是说：文学创作专靠文字，用不着别的东西。不是这样！政治思想、生活经验、文学修养……都是要紧的。我们不应只管文字，不顾其他。我在前面说的有什么写什么，和有多少就写多少，是指文字学习而言。这样能够叫我们敢于拿起笔来，不怕困难。在动笔杆的同时，我们应当努力于政治学习，热情地参加各种活动，丰富生活经验，还要看戏，看电影，看文学作品。这样双管齐下，既常动笔，又关心政治与生活，我们的文字与思想就会得到进步，生活经验也逐渐丰富起来。我们就会既有值得写的资料，又有会写的本事了。

要学习写作，须先摸摸自己的底。自己的文字若还很差，就请按照我的建议去试试——有什么写什么，有多少写多少。同时，连写封家信或记点日记，都郑重其事地去干，当作练习写作的一种日课。文字的学习应当是随时随地的，不专限于写文章的时候。一个会写小说的当然也会写信，而一封出色的信也是文学作品——好的日记也是！

文字有了点根底，可还是写不出文章来，又怎么办呢？应当去看看，自己想写的是什么，是小说，还是剧本？假若是小说或剧本，那就难怪写不出来。首先是：我们往往觉得自己的某些生活经验足够写一篇小说或一部三幕剧的。事实上，那点经验并不够支持这么一篇作品的。我们的那些生活经验在我们心中的时候仿佛是好大一堆，可以用之不竭。及至把它写在纸上的时候就并不是那么一大堆了，因为写在纸上的必是最值得写下来的，无关重要的都用不上，就好像一个大笋，看起来很粗很长，及至把外边的吃不得的皮子都剥去，就只剩下不大的一块了。我们没法子用这点笋炒出一大盘子菜来！

这样，假若我们一下手就先把那点生活经验记下来，写一千字也好，二千字也好，我们倒能得到好处。一来是，我们会由此体会出来，原来值得写在纸上的并不像我们想象的那么多，我们的生活经验还并不丰富。假若我们要写长篇的东西，就必须去积累更多的经验，以便选择。对了，写下来的事情必是经过选择的；随便把鸡毛蒜皮都写下来，不能成为文学作品。即须经过选择，那么用不着说，我们的生活经验越多，才越便于选择。是呀，手里只有一个苹果，怎么去选择呢？

二来是，用所谓的一大堆生活经验而写成的一千或二千字，可能是很好的一篇文章。这就使我们有了信心，敢再去拿起笔来。反之，我们非用那所谓的一大堆生活经验去写长篇小说或剧本不可，我们就可能始终不能成篇交卷，因而灰心丧气，不敢再写。不要贪大！能把小的写好，才有把大的写好的希望。况且，文章的好坏，不决定于字数的多少。一首千锤百炼的民歌，虽然只有四句或八句，也可以传诵全国。

还有：即使我们的那一段生活经验的确结结实实，只要写下来便是好东西，也还会碰到困难——写得干巴巴的，没有味道。这是怎么一回事呢？我看大概是这样：我们只知道这几个人，这一些事，而不知道更多的人与事，所以没法子运用更多的人与事来丰富那几个人与那一些事。是呀，一本小说或一本戏剧就是一个小世界，只有我们知道的真多，我们才能随时地写人、写事、写景、写对话，都活泼生动，写晴天就使读者感到天朗气清，心情舒畅，写一棵花就使人闻到了香味！我们必须深入生活，不断动笔！我们不妨今天描写一棵花，明天又试验描写一个人，今天记述一段事，明天试写一首抒情诗，去充实表达能力。生活越丰富，心里越宽绰；写的越勤，就会有得心应手的那么一天。是的，得下些功夫，把根底打好。别着急，别先考虑发表不发表。谁肯用功，谁就会写文章。

这么说，不就很难做到写作的跃进吗？不是！写作的跃进也和别种工作的跃进一样，必须下功夫，勤学苦练。不能把勤学苦练放在一边，而去空谈跃进。看吧，原本不敢动笔，现在拿起笔来了，这还不是跃进的劲头吗？然后，写不出大的，就写小的；写不好诗，就写散文；这样高高兴兴地，不图名不图利地往下干，一定会有成功那一天。难道这还不是跃进么？好吧，让咱们都兴高采烈地干吧！放开胆子，先有什么写什么，有多少写多少，咱们就会逐渐提高，写出像样子的东西来。不怕动笔，笔就会听咱们的话，不是吗？

从记事练起，天天练，认真练*

学校领导要我来讲几句话。主观上不想讲，因为自己讲不出什么；客观上身体不好，大夫不让多讲话。

刚才听到叶老说，大家的学习热情很高，这是好事情。我名为“作家”，可没有上过“作家学校”，是在业余时间学习的。这样说来，咱们就是同行。你们在业余时间学语文，我也是这样。我没有上过大学，中学毕业后想写点东西，就开始学着写一点，写到如今，虽说入了“作家协会”，可是许多新人新事还是写不上来。写出来让人家一看，说是思想感情不新。六十多岁了，在语言文字上也还遇到一些困难。我是北京人，说话是标准音，可是一听广

---

* 本文是作者1963年2月17日在中华函授学校开学典礼上的讲话，原载《阅读与写作》，1980年9月商务印书馆出版。

播却不是那么回事，有些字我只念了半边，或是念了北京的土音，所以还得学。大家学习热情高，值得钦佩，但是还要继续努力。要问什么时候毕业，我说，人活着，就没有“毕业”的时候。

语文不行，实在痛苦，不要说不会了，会了一点也还不行。有人说我写文章写得快，我可不承认。我写一篇五百字的文章要写三天，我不是写得快，是写得勤。天天写，老写。

语文这个工具我拿了几十年了，这玩意儿可不是好要的。这个词跟那个词凑到一块，别人凑得对，你就凑得不对。要老写才行。最好的窍门就是“每天必写”，“天天拿笔”，哪怕是写几十个字也好。有人说工作多，事情多，我可也不比别人的少。就拿今天这个星期天来说吧，从早上出来，在外面转到现在还没有回家，可是，我今天就已经写了几十个字了。不要以为学了语文，一写就写出一篇博士论文，或是写出一部比《红楼梦》稍好一些的小说，不要这样想。一般说来，写诗，写剧本，写小说，多少都有一些记录的性质，要打好基础，第一步就要学会“记”，每天记一件事。比如，昨天下了场小雪，你就把它记下来。诗当然不好写，把下雪记下来也不那么容易，不信，你试试看。现在不写，将来写小说时再想：“那天是怎么下雪来的？”那就麻烦了。写人就更难。《红楼梦》写了那么多姑娘，个个都那么好看，你来试试。你看到一个姑娘，把她写下来，寄给那个姑娘自己看看，她要不揍你才怪呢。“记”还记不下，就“创作”，那只能“闯祸”。

我希望你们从今天起，用一个小本子每天记一件事，不要想“一鸣惊人”。比如说写信，你写一封信，就要让你的朋友看得清楚、明白，看了满意。有些年轻的朋友给我写信，说他愿意做“作家”，可是连名字也写得别人认不出。有的人在信封背面写上“务请回信”，可是没有个地址。我们写东西，要严肃、认真，不能让印刷厂工人去猜这是中文，还是德文。不能让人家骂我们：“这家伙写的是些什么！”叶圣陶、茅盾、巴金这些老作家，他们写东西都是一丝不苟的。

大家今天参加了开学典礼，回去就写一点。有了记事的能力，就能逐步提高。写的时候想一想，哪些值得写，哪些不值得写，要选择。要多写值得写的，少写或不写不值得写的，弄清楚这个，慢慢地就写得简练了。所谓“精练”，就是写下了值得写的东西，写下了重要的东西。写人要写出他的精神，写工农，要写出他的英雄气概。懂得选择就懂得写了。

第一步学会“记”，第二步学会“选”。无论什么文章都不是什么都写，写一封信也是这样。我常常接到这样的信，前面一大段不知是说些什么。现在大家都忙，最好不要浪费别人的时间。天天写，天天练，养成习惯，就能从需要一百个字才能说清楚的渐渐减少到只用五十个字，就能从不简练渐渐达到简练，这就是进步，而且是很大的进步。

读一篇文章，读完了要仔细想想。会写文章的人他用一个字就能顶几个字，他会找一个顶合适的字来用。读文章的时候，光念一念，不仔细想一想，是体会不到它的妙处的。中国文字非常简练，念的时候要想。想一想：这句话换个别的说法行不行？这个字换个别的字行不行？如果不行，是为什么？学语文就要这样的学。

我写几百字的文章要写三天，时间多花在想的上面。语言和思想分不开，想得深，才能说得严密，粗枝大叶是不行的，要细思细想。前面说过，学语文要打好基础。记事就是为写作打基础，能记，而且记得简练，就能够写一篇小说，写一剧本了，就可能由业余写作而成为作家。当然，大家并不一定都要做作家，不过，做个作家也不算是什么丢人的事。一个人表达不了自己所想表达的东西那是一件最痛苦的事，有了表达能力，就能把自己所见到的所想到的传给别人了。

希望同志们坚持不懈地学习。

祝大家成功！

几句不得人心的话*

作文第一要求清楚。文字清楚是思想清楚的结果，这并非是件容易的事。

少年作文，多喜用字眼。殊不知袭用别人家的用字，只是偷来些死的字，并不足以表现自己的思想，结果是驴唇不对马嘴。顶好是要说什么就说什么，先别大转而特转；一转文便要出毛病。把文字弄清楚，而后再求美好，是保险的办法。要美好，自然须用些字眼了；这须慢慢的来。想用一字，必先打听明白了这个字的意思与用法，不可东抄西借的搬运来你自己所不明白的一堆字；你自己还不明白，别人怎能明白你说的是什么呢？

句子别作得太长了。青年喜造长句，自谓文气流畅，

---

* 本文原载1937年1月《青年界》第十一卷第一号。

故拉不断扯不断。其实这是思想不清楚的结果，一句可以扯得老长老长，自己也不晓得在哪里停住好。好文章，反之，是说一句便是一句；一句说清楚了，再说第二句。能设法使每句都清楚立得住，才能有进步。若是老拉不断扯不断的说，说着说着连自己也迷了头，不知说到哪里去，便没法再往下写，写了也没法修改了。

一句句的写，写成一段，再朗读一遍，自己听得下去了，便留下；听着不是味儿，修改。作文要说自己的话，而且得教别人看得懂，不许整本大套的说梦话。

怎样丢掉学生腔*

什么叫学生腔？我还弄不大清楚。也许是自古有之吧？看，戏曲里，旧小说里，往往讽刺秀才爱说“之乎者也”。秀才口中爱转文，这恐怕就是古代的学生腔吧。

现代学生腔里，恐怕也有爱转文的毛病，话说的不通俗，不现成。

据我看，这个毛病可不是主要的。教育越普及，一般人的文化越提高，则知识分子的语言与一般人民的语言便越接近。我有些朋友，在解放初年，文化程度很低，他们的语言跟我的语言便有个距离。几年之后，他们的文化提高了，语言就跟我的差不多了；其中有的人说话比我还更爱用新的名词，而且用得非常恰当。这是事实。这样，专

* 本文原载1962年8月18日《中国青年报》。

从语汇上断定是否学生腔，是不合适的。

况且，新词儿的利用是不可避免的。比如“概念”一词，工人这么说，农民这么说，知识分子也这么说，没有别的词儿可以代替它。我们不能说爱用“概念”与“钻研”等等词儿的便是学生腔。

我看哪，学生腔恐怕是写文章的一种习气。这就是说，一执笔为文便摆起架子来，话不由衷，有现成的话不用，故意去找些不必要的词儿作装饰。这样写出的文章总是没有多少生活气息，空空洞洞，说的多而含意少，咬言咂字而欠亲切生动。写这样文章的人总以为把“众所周知”“然而所以”一用上便有了文学味道。事实上，好文章不仗着空洞的修辞来支持，而必须有生活气息，亲切动人。我们要丢掉这个架子，这个不好的习气。别以为文章是由一些陈词滥调组织成的，也别以为文章是凭空想出来的。必须言之有物。也就是有生活。有生活就不说空话，不用陈词滥调。青年们的生活经验较少，但不能说一点生活经验也没有。那么，便该老老实实，有多少说多少，说得真切生动。不要知道一点，而想写出一大车来。知道一点，若能深入，也能写出好文章来。就怕摆起架子，光拿一些好听的词儿装饰门面，以为一用上“伟大”，文章也便伟大。没有那个事。

是的，端起架子写文章，必怕写得短。这又是个毛病。文章该长则长，该短则短。不要以为非长篇大论不算文章。文章跟别的艺术品一样，必须求精，出奇制胜。长篇如是，短的也如是。一首五言绝句不过只有二十个字，可是写得精辟，亦足传之千古。短而精比长而不精要好得多。该写一千字的，无须写一万字。反之，写了一万字之后，再看看，能不能把它减到五千字或更少？一句想透了的话可以顶三句五句用。我们要写想透了的话。写文章不是想起什么就写什么的事，而是千锤百炼的事，由矿石里提出金子来。《红楼梦》很长。这部书写了许多年，故长而精。这好比开了一座大矿，慢慢地提炼出许多许多金子来。长或短宜以题材与形式而定。长的短的都该尽删支冗，力求简练。乱七八糟地写了一千万字，并不能算作长篇小说；东拉西扯地写了五千字也算不了好的短篇。不管长短，都须求精。求精便可减少些学生腔。

我们写文章叙述不简练，为什么？这一方面是我们的文学修养不够，另一方面是因为我们不会总结生活经验。我们有很多叙述文，不管是唐朝人写的，还是宋朝人写的，至今传诵，就是因为文章里有许多句子，值得我们记住。为什么会记住？就是一句话总结了一个经验。他们观察得非常深刻，周密，所以叙述得简练精确。我们写东西，不能用三言五语把观察到的事物总结起来，所以一说就说长了。

写东西，要观察，要总结，要想。如果你观察得不对，或是你观察得太少，没有深刻的印象，抓不住一个清楚的形象，不要硬写。你须回去再看，直到看清楚了这个人，这风景，这事物，回来能用八个字、十个字或二十个字，一写就极精彩。到这时，就差不多了。苏东坡游赤壁，用了八个字："山高月小，水落石出"，总结了赤壁的风景。从东坡先生起至今天，也不知有多少画家，按照这八个字画了山水画。这样写东西，就不是学生腔，是先生腔了。

文章别怕改*

文章别怕改。改亦有道：谨据个人经验，说点不一定是窍门的窍门。

改有大小，先说小改：

写成一篇或一段须检查：有无不必要的“然而”“所以”等等，设法删减。这种词儿用得太多，文笔即缺乏简劲，宜加控制。

往往因一字一词欠妥，屡屡改动，总难满意，感到苦闷。对此，应勿老在一两个字上打转转，改改句子吧。改句子，可能躲过那一两个字去。故曰：字改不好，试去改句。同样地，句改不好，则试改那一段。此法用于韵文，更为有利。写韵文，往往因押韵困难，而把“光荣”改为

---

* 本文原载1961年《上海文学》七月号。

“荣光”，或“雄壮”改为“壮雄”，甚至用“把话云”，“马走战”来敷衍。其实，改一改全句，颇可以避免此病。

泛泛的形容使文章无力，不如不用。文字有色彩，不仗着多用一些人云亦云的形容，那反叫人家看出作者的想象贫乏。要形容就应力求出色，否则宁可不形容，反觉朴实。

有时候，字句都没有大毛病，而读起来不够味儿。应把全文细读一遍，找出原因。文章正如一件衣服，非处处合适，不能显出风格。一篇文章有个情调，若用字造句不能尽与此情调一致，即难美好。一篇说理的文章，须简洁明确，一篇抒情的文章，须秀丽委婉。我们须朝着文章情调去选字造句，从头至尾韵味一致，不能忽此忽彼。尽管有很好的句子，若与全篇情调不谐，也须狠心割爱，毫不敷衍。是呀，假若在咱们的蓝布制服上，绣上两朵大花，恐怕适足招笑，不如不绣。

以言大改，则通篇写完，须看看可否由三千字缩减到二千字左右。若可能，即当重新另写一遍，务去枝冗，以期精练。若只东改一字，西删一句，无此效也。初稿写得长，不算毛病。但别舍不得删改。

还须看看文体合适与否。本是一篇短文，但乏亲切之感，若改用书札体，效果也许更好，即应另写。再往大些说：有的人写了几部剧本，都不出色。后来，改写小说，倒成功了。同一题材，颇可试用不同的文体去试试。个人的长处往往由勤学苦练，多方面试验，才能发现，不要一棵树吊死人。

谈修改文字*

文章写完，必须修改。在这里，我说说自己的一点小经验。

文章初稿写完，我总要去修改一遍两遍或好几遍。一篇千字左右的短文，连写带改我总须花费三四个半天的工夫。一个上午，可以写完初稿。然后，再用两个或三个半天进行修改。这么加工之后，若还不满意，就把它扔掉，另写一篇。

长一些的文章，修改的时间当然要更多些。我们现在只以短文为例，不谈怎么修改小说或剧本什么的。而且，主要地是谈怎么修改文字，不提别的。

修改开始，拿起初稿，细心阅读一遍或两遍。一定会

---

* 本文原载1960年《延河》四月号。

发现一些不顺当的地方。这些地方并不一定是文字不通，只是读起来费劲，别扭。必须修改！自己写的，自己看起来还费劲，何况别人呢？文章是给别人看的呀！赶紧修改吧，要不然就是不负责任！于是，我就把凡是不顺当的地方都从新想过。若只换一两个字就能解决问题呢，好，就换上一两个字。若是问题更大一些呢，就从新写过那一句或几句，把句子的结构变一下。

对，句子的结构跟文字顺当不顺当大有关系。比如说吧，稿子里有这么一句："被我认为已经失落了三年之久的那支蓝色的笔管的粗笔尖的钢笔却被我忽然地意外地找到了！"读起来实在费力。我就把它改成为两句："无意中，我找到了那支蓝管、粗笔尖的钢笔。三年了，我总认为它是丢失了。"这么一改，我既可省去好几个"的"字，读起来顺当，也显着不那么洋腔洋调的。句子的结构变了，文气也就变了。

修改过的句子虽然顺当了，可是还要看看跟全段的气势是否一致。假若不一致，就须改写全段，别怕麻烦。

把不顺当的句子都改顺当了，还须进一步逐字推敲，看一看：

（一）有没有太生硬的字。这种字虽然勉强讲得通，可是不大现成，好像还没长熟的果子，尽管是果子，可是又硬又酸，不好吃。应当换一换。人家都说“日落西山”，我们就不便说“日投西山”，虽然“投”字也可以勉强讲通。

（二）有没有虽然现成，可是跟全篇的情调不大和谐的字。比如说，全篇都很严肃，而忽然钻出来几个开玩笑的字，便破坏了全文的气氛。这也该改一改。

（三）有没有前后矛盾的字。在一篇文章里，文字都是血肉相联的。在上句里放了这么一个字，读者就以为下面的话必与这个字有关系。比如说：上句里说“天阴了”，读者就会猜到下面必说阴天的光景，和与阴天有关的事。那么，假若随着“天阴了”而来的却是“百花齐放，蜂蝶乱飞”，读者必不满意。是呀，有些种花遇上阴天即不张开瓣儿，而蜂蝶呢也是在晴天的时候更为活跃。一个字的作用并不限于一句里，而且和下文大有关系。通畅的文字就是前后呼应，一气呵成，不叫读者觉得阴晴不定，难以捉摸。

（四）有没有过多的重复的词汇。应当重复的不怕重复。没有重复的必要的须避免重复。一篇短文里，重复的词汇过多，就会使人觉得作者的语言贫乏。即使有重复的必要，也要斟酌情形，把意思相同的词汇适当地分布在全文里，不要抓住一个死不放手。当然，有的词汇是“只此一家，并无分号”的，那就非用它不可，别去硬造。

小小的一点经验，没有什么了不起。每个人有每个人的写作方法与习惯，无须勉强求同。最重要的倒是：稿子写成，必须屡屡加工，才能逐渐提高。这里只提到文字的修改，用不着说，若在思想上，感情上，结构上等等方面有不对头的地方就更应当仔细改正了。

古为今用*

我们都愿意学习点古典文学，以便继承民族传统，推陈出新。在学习中，恐怕我们都可能有这样的经验：一接触了古典著作，我们首先就被著作中的文字之美吸引住，颇愿学上一学。那么，这篇短文就专谈谈从古典著作中学习文字的问题，不多说别的。

文字平庸是个毛病。为医治这个毛病，读些古典文学著作是大有好处的。可是，也有的人正因为读了些古典作品，而文字反倒更平庸了。这是怎么一回事呢？大概是这样：阅读了一些古典诗文，不由地就想借用一些词汇，给自己的笔墨添些色彩。于是，词汇较为丰富了，可是文笔反倒更显着平庸，因为说到什么都有个人云亦云的形容词，

---

* 本文原载1959年9月《文艺报》第十八期。

大雨必是滂沱的，火光必是熊熊的，溪流必是潺潺的……这样穿戴着借来的衣帽的文章是很难得出色的。

在另一方面，我们今天的文学工具是白话，不是文言。古典诗文呢，大都用文言，不用白话（《水浒》《红楼梦》等是例外）。那么，由文言诗文借来的词汇，怎样天衣无缝地和白话结合在一处，实在不是一件容易的事。二者结合的不好，必会露出生拉硬扯的痕迹，有损于文章气势的通畅。

因此，我想学习古典文学的文字不应只图多识几个字，多会用几个字，更重要的是由学习中看清楚文学是与创造分不开的。尽管我们专谈文字的运用，也须注意及此。我们一想起韩愈与苏轼，马上也就想起“韩潮苏海”来。这说明我们尊重二家，不因他们的笔墨相同，而因他们各有独创的风格。我们对李白与杜甫的尊重，也是因为他们的光芒虽皆万丈，而又各有千秋。

多识几个字和多会用几个字是有好处的。不过，这个好处很有限，它不会使我们深刻地了解如何创造性地运用文字。本来嘛，不管我们怎样精研古典文学，我们自己写作的工具还是白话——写旧体诗词是例外。这样，我们的学习不能不是摸一摸前人运用文字的底，把前人的巧妙用到我们自己的创作里来。这就是说，我们要求自己以古典文字的神髓来创造新的民族风格，使我们的文字既有民族风格，又有时代的特色。我们的责任绝对不限于借用几个古雅的词汇。是的，我们须创造自己的文字风格。

因此，我们不要专看前人用了什么字，而更须留心细看他们怎样用字。让我们看看《文心雕龙》里的这几句吧：

> 夫神思方运，万涂竞萌；规矩虚位，刻镂无形，登山则情满于山，观海则意溢于海。我才之多少，将与风云而并驱矣！方其搦翰，气倍辞前；暨乎篇成，半折心始。何则？意翻空而易奇，言征实而难巧也。

写这段话的是个懂得写作甘苦的人。要不然，他不会说得这么透彻。他不但说得透彻，而且把山海风云都调动了来，使文章有气势，有色彩，有形象。这是一段理论文字，可是写的既具体又生动。

我们从这里学习什么呢？是抄袭那些词汇吗？不是的。假若我们不用“拿笔”，而说“搦翰”，便是个笑话。我们应学习这里的怎么字字推敲，怎样以丰富的词汇描绘出我们构思时候的心态，词汇多而不显着堆砌，说道理而并不沉闷。我们应学习这里的句句正确，而又气象万千，风云山海任凭调遣。这使我们看明白：我们是文字的主人，文字不是我们的主人。全部《文心雕龙》的词汇至为丰富。但是专凭词汇，成不了精美的文章。词汇的控制与运用才是本领的所在。我们的词汇比前人的更为丰富，因为我们的词汇既来自口语，又有一部分来自文言，而且还有不少由外国语言移植过来的。可是，我们的笔下往往显着枯窘。这大概是因为我们只着重词汇，而不相信自己。请看这首“诗”吧：

初升的朝暾，
照耀着人间红亮，
虽然梅蕊初放，
人们的心房却热得沸腾！

这是一首习作，并不代表什么流派与倾向。可是这足以说明一个问题，就是有的人的确以为用上“朝暾”“照耀”“梅蕊”与“沸腾”，便可以算作诗了。有的人也这样写散文。他们忽略了文字必须通过我们自己的推敲锤炼，而后才能玉润珠圆。我们用文字表达我们的思想、感情；不以文字表达文字。字典里的文字最多，但字典不是文学作品。

据我猜，陶渊明和桐城派的散文家大概都是饱学之士。

可是，陶诗与桐城派散文都是那么清浅朴实，不尚华丽。难道这些饱学之士真没有丰富的词汇，供他们驱使吗？不是的。他们有意地避免藻饰，而独辟风格。可见同是一样的文字，在某甲手里就现出七宝莲台，在某乙手里又朴素如瓜棚豆架。一部文学史里，凡是有成就的作家，在文字上都必有独到之处，自成一家。

我们必须学点古典文学，但学习的目的是古为今用。我们要从古典文学中学会怎么一字不苟，言简意赅，学会怎么把普通的字用得飘飘欲仙，见出作者的苦心孤诣。这么下一番功夫，是为了把我们的白话文写出风格来，而不是文言与白话随便乱搀，成为杂拌儿。随便乱搀，文章必定松散无力。这种文章使人一看就看出来，作者的思想、感情，并没有和文字骨肉相关地结合在一起，而是随便凑合起来的。

我们要多学习古典文学，为的是写好自己的文章。我们是文字的使用者。通过学习，我们就要推陈出新，给文字使用开辟一条新路，既得民族传统的奥妙，又有我们自己的创造。继承传统绝对不是将就，不是生搬硬套，不是借用几个词汇。我们要在使用文字上有所创造！

所谓不将就，即是不随便找个词汇敷衍一下。我们要想，想了再想，以便独出心裁地找到最恰当的字。假若找不到，就老老实实地用普通的字，不必勉强雕饰。这比随便拉来一堆泛泛的修辞要更结实一些。更应当记住，我们既用的是白话，就应当先由白话里去找最恰当的字，看看我们能不能用白话描绘出一段美景或一个生龙活虎的人物。反之，若是一遇到形容，我们就放弃了白话，而求救于文言，随便把“朝暾”“暮色”等搬了来，我们的文章便没法子不平庸无力。

是的，文言中的词汇用的得当，的确足以叫文笔挺拔，可是也必须留意，生搬硬套便达不到这个目的。语言艺术的大师鲁迅最善于把文言与白话精巧地结合在一处。不知他费了多少心思，才作到驰骋古今，综合中外，自成一家。他对白话与文言的词汇都呕尽心血，精选慎择，一语不苟。他不拼凑文字，而是使文言与白话都听从他的指挥，得心应手，令人叫绝。我们都该用心地阅读他的著作，特别是他的杂文。

至于学习古典文学，目的不仅在借用几个词汇，前边已经说过，这里只须指出：减省自己的一番思索，就削弱了一分创造性。要知道，文言作品中也有陈词滥调，不可不去鉴别。即使不是陈词滥调，也不便拿来就用。我们必须多多地思索。继承古典的传统一定不是为图方便，求省事。想要掌握文字技巧必须下一番真功夫，一点也别怕麻烦。

谈简练*

——答友书

多谢来信!

您问文字如何写得简洁有力，这是个相当重要的问题。远古至今，中国文学一向以精约见胜。“韩潮苏海”是指文章气势而言，二家文字并不泛滥成灾。从汉语本质上看，它也是言短而意长的，每每凌空遣字，求弦外之音。这个特质在汉语诗歌中更为明显。五言与七言诗中的一联，虽只用了十个字或十四个字，却能绘成一段最美丽的图景或道出极其深刻而复杂的感情，既简洁又有力。

---

* 本文原载1959年11月8日《人民文学》十一月号。收入文集《出口成章——论文学语言及其他》。

从心理上说，一个知识丰富、经验丰富的人，口讲问题或发为文章，总愿意一语道破，说到事物的根儿上，解决问题。反之，一个对事物仅略知一二的人，就很容易屡屡“然而”，时时“所以”，敷衍成篇，以多为胜。是的，心中没有底者往往喜欢多说。胸有成竹者必对竹有全面的认识，故能落墨不多，而雨态风姿，各得其妙。

知道的多才会有所取舍，找到重点。只知道那么一点，便难割爱，只好全盘托出，而且也许故意虚张声势，添上些不必要的闲言废话，以便在字数上显出下笔万言。

这么看来，文字简练与否不完全是文字技巧的问题。言之有物极为重要。毛主席告诉我们：多、快、好、省地建设社会主义。看，“多快好省”有多么现成，多么简单，又多么有力！的确有力：照这四字而行，六亿多人民便能及早地脱离贫困，幸福日增。背这四字而行，那就拖拖拉拉，难以跃进。这四个字是每个人都能懂的，也就成为六亿多人民建设社会主义的共同语言。可是，这四个字不会是毛主席随便想起来的。随便想起来的字恐怕不会有顶天立地的力量。这四个字是毛主席洞察全局，剖析万象的结果。它们不仅是四个字，而是六亿多人民社会主义建设的四条架海金梁。

对了，文字本身没有什么头等二等的分别，全看我们如何调遣它们。我们心里要先有值得说的东西，而后下功夫找到适当的文字，文字便有了力量。反之，只在文字上探宝寻金，而心中空空洞洞，那就容易写出“夫天地者宇宙之乾坤”一类的妙句来，虽然字皆涉及星际，声音也颇响亮，可是什么也没说出，地道废话。

您可以完全放心，我并没有轻看学习文字的意思。我的职业和文字运用是分不得家的呀。我还愿意告诉您点实话，您的诗文似乎只是词汇的堆砌，既乏生活经验，又无深刻的思想。请您不要难堪，我也是那样。在解放前，我总以为文学作品不过是要要字眼的玩意儿，不必管内容如何，或有无内容。假若必须找出原谅自己的理由，我当然也会说：国民党统治时期，一不兴工，二不奖农，建设全无，国家空虚，所以我的文章也只好空空如也，反映空虚时代。后来，我读到了毛主席《在延安文艺座谈会上的讲话》，同时也看到了革命现实与新的文学作品。我看出来，文风变了。作品差不多都是言之有物，力避空洞的。这是极好的转变。这些结实的作品是与革命现实密切地结合在一起，的确写出了时代的精神面貌。我的以要字眼为创作能事的看法，没法子再站得住了。

可是，那些作品在文字上不一定都纯美无疵。这的确是个缺点。不过，无论怎么说，我们也不该只从文字上挑毛病，而否定了新作品的价值。言之无文，行之不远，是的。可是言之无物，尽管笔墨漂亮，也不过是虚有其表，绣花枕头。两相比较，我倒宁愿写出文笔稍差，而内容结结实实的作品。可惜，我写不出这样的作品！生活经验不是一天就能积累够了的，对革命的认识也不能一觉醒来，豁然贯通。于是，我就力求速成，想找个偏方儿来救急。

这个偏方儿跟您得到的一个样。我们都热爱新社会，时刻想用我们的笔墨去歌颂。可是我们又没有足够的实际体验帮助我们，于是就搜集了一堆流行的词汇，用以表达我们的热情。结果呢，您放了许多热气，我也放了许多热气，可都没能成为气候。这个偏方不灵，因为它的主药还是文字，以我来说，不过是把诗云子曰改上些新字眼而已。

您比我年轻的多。我该多从生活中去学习，您更须如是。假若咱们俩只死死地抓住文字，而不顾其他，咱们就永远戴不上革命文学的桂冠。您看，十年来我不算不辛苦，天天要动动笔。我的文字可能在某些地方比您的稍好，可是我没写出一部杰出的作品来。这难道不值得咱们去深思么？

您也许问：是不是我们的文学作品应该永远是内容丰富而缺乏文字技巧之美的呢？一定不是！我们的文学是日益发展的，不会停滞不前。我们不要华而不实的作品，也不满足于缺乏词藻的作品。文情并茂，内明外润的作品才足以与我们的时代相映生辉。我们需要杰作，而杰作既不专靠文字支持，也不允许文字拙劣。

谈到这里，我们就可以讲讲文字问题而不至于出毛病了，因为前面已交代清楚：片面地强调文字的重要是有把文学作品变成八股文的危险的。

欲求文字简洁有力必须言之有物，前边已经说过，不再重复。可是，有的人知道的事情很多，而不会说得干净利落，甚至于说不出什么道理来。这是怎么一回事呢？我想，这恐怕是因为他只记录事实，而没去考虑问题。一个作家应当同时也是思想家。他博闻广见，而且能够提出问题来。即使他不能解决问题，他也会养成思想集中，深思默虑的习惯，从而提出具体的意见来。这可以叫作思想上的言之有物。思想不精辟，无从写出简洁有力的文字。

在这里，您很容易难倒我，假若您问我是个思想家不是。我不是！正因为我不是思想家，所以我说不出格言式的名言至论来。不错，有时候我能够写出相当简洁的文字，可是其中并没有哲理的宝气珠光。请您相信我吧，就是我那缺乏哲理而相当简洁的字句也还是费过一番思索才写出来的。

在思想之外，文学的语言还需要感情。没有感情，语言无从有力。您也许会说：这好办！谁没有感情呢？

事情恰好不那么简单，您看，“鞠躬尽瘁、死而后已”是一种感情；“与世浮沉，吊儿郎当”也是一种感情。前者崇高，照耀千古；后者无聊，轻视一切。我们应有哪种感情呢？我没有研究过心理学，说不清思想和感情从何处分界。照我的粗浅的想法来说，恐怕这二者并不对立，而是紧密相依的。我们对社会主义有了一些认识，所以才会爱它，认识的越多，也就越发爱它。这样看来，我们的感情也似乎应当培养，使它越来越崇高。您应当从精神上，工作上，时时刻刻表现出您是个社会主义建设者。这样，您想的是社会主义，作的是社会主义建设工作，身心一致，不尚空谈，您的革命感情就会愈加深厚，您的文字也就有了真的感情，不再仗着一些好听的字眼儿支持您的创作。生活、思想、感情是文字的养料。没有这些养料，不管在文字上用多少工夫，文字也还要害贫血病。

当然，在文字上我们也要下一番苦功夫。我没有什么窍门与秘方赠献给您，叫您马上作到文字简洁有力，一字千金。我只能提些意见，供您参考。

您的文字，恕我直言，看起来很费力。某些含有深刻思想的文字，的确须用心阅读，甚至读几遍才能明白。您的文字并不属于这一种。您贪用形容字，以至形容得太多了，使人很难得到个完整鲜明的形象。这使人着急。我建议：能够直接说出来的地方，不必去形容；到了非形容不可的地方，要努力找到生动有力的形容字。这样，就有彩有素，简洁有力了。形容得多而不恰当，易令人生厌。形容字一多，句子就会冗长，读起来费力。您试试看，设法把句子中的“的”字多去掉几个，也许有些好处。

文字需要修改。简洁的字句往往不是摇笔即来的。我自己有这么一点经验：已经写了几十句长的一段，我放下笔去想想。嗯，原来这几十句是可以用两三句话就说明白的。于是，我抹去这一大段，而代以刚想好的两三句。这两三句必定比较简洁有力，因为原来那一段是我随想随写下来的，我的思想好像没渗入文字里去；及至重新想过了，我就把几十句的意思凝炼成两三句话，不但字句缩减很多，而且意思也更明确了。不多思索，文字不易简洁。详加思索，我们才知道准要说什么，而且能够说得简洁有力。别嫌麻烦，要多修改——不，要重新写过，写好几遍！有了这个习惯，日久天长，您就会一动笔便对准箭靶子的红圈，不再乱射。您也会逐渐认识文字贵精不贵多的道理了。

欲求文字简洁，须找到最合适的字与词，这是当然的。不过在这之外，您还须注意字与字的关系，句与句的关系。名棋手每出一子必考虑全局。我们运用文字也要如此。这才能用字虽少，而管事甚多。文字互相呼应极为重要。因为“烽火‘连’三月”，所以才“家书‘抵’万金”。这个“连”字说明了紧张的程度，因而“抵”字也就有了根据。“连”与“抵”相互呼应，就不言而喻，人们是多么切盼家信，而家信又是如何不易来到。这就叫简洁有力，字少而管的事很多。作诗用此法，写散文也可以用此法。散文若能写得字与字、句与句前后呼应，就可以言简意赅，也就有了诗意。

信已够长了，请您先在这三项事上留点心吧：“不滥用修辞，不随便形容；多想少说，由繁而简；遣字如布棋，互为呼应。改日再谈，今天就不再说别的了。”

祝您健康！

散文并不“散”*

我们今天的散文多数是用白话写的。按说，这就不应当有多少困难。可是，我们差不多天天可以看到不很好的散文。这说明了散文虽然是用白话写的，到底还有困难。现在，我愿就我自己写散文的经验，提出几点意见，也许对还没能把散文写好的人们有些帮助。

一、散文是用加过工的语言组织成篇的。我们先说为什么要用加过工的语言：散文虽然是用白话写的，可并不与我们日常说话相同。我们每天要说许多的话。假若一天里我们的每一句话都有过准备，想好了再说，恐怕到不了晚上，我们就已经疲乏不堪了。事实上，我们平常的话语

---

* 本文原载1951年3月15日《北京文艺》第二卷第一期。收入文集《福星集》。

多半是顺口搭音说出的，并不字字推敲，语语斟酌。假若暗中有人用录音机把我们一日之间的话语都记录下来，然后播放给我们听，我们必定会惊异自己是多么不会讲话的人。听吧：这一句只说了半句，那一句根本没说明白；这一句重复了两回，那一句用错了三个字；还有，说着说着没有了声音，原来是我们只端了端肩膀，或吐了吐舌头。

想想看，要是写散文完全和咱们平常说话一个样，行吗？一定不行。写在纸上的白话必须加工细制，把我们平常说话的那些毛病去掉。我们要注意。

二、散文中的每个字都要用得适当。在我们平日说话的时候，因为没有什么准备，我们往往用错了字。写散文，应当字字都须想过，不能“大笔一挥”，随它去吧。散文中的用字必求适当。所谓适当者，就是顺着思路与语气，该俗就俗，该文就文，该土就土，该野就野。要记住：字是死的，散文是活的，都看我们怎么去选择运用。“他妈的”用在适当的地方就好，用在不适当的地方就不好，它不永远是好的。“检讨”“澄清”“拥护”……也都如是。字的本身没有高低好坏之分，全凭我们怎给它找个最适当的地方，使它发生最大的效用。就拿“澄清”来说吧，我看见过这么一句：“太阳探出头来，雾慢慢给澄清了。”“澄清”本身原无过错，可是用在这里就出了岔子。雾会由浓而薄，由聚而散，可不会澄清。我猜：写这句话的人可能是未加思索，随便抓到“澄清”就用上去，也可能是心中早就喜爱“澄清”，遇机会便非用上不可。前者是犯了马虎的毛病，后者是犯了溺爱的毛病；二者都不对。

一句中不单重要的字要斟酌，就是次要的字也要费心想一想，甚至于用一个符号也要留神。写散文是件劳苦的事；信口开河必定失败。

三、选择词与字是为造好了句子。可是，有了适当的字，未必就有好句子。一句话的本身须是一个完整的单位；同时，它必须与上下邻句发生相成相助的关系。有了这两重关系，造句的困难就不仅是精选好字所能克服的了。你看，就拿：“为了便于统制，就又奴役了知识分子。”这一句来说吧，它所用的字都不错啊，可不能算是好句子——它的本身不完整，不能独立地自成一单位。到底是“谁”为了便于统制，“谁”又奴役了知识分子啊？作者既没交代清楚，我们就须去猜测，散文可就变成谜语了！

句子必须完整。完整的句子才能使人明白说的是什么。句子要简单，可是因为力求简单而使它有头无尾，或有尾无头，也行不通。简而整才是好句子。

造句和插花儿似的，单独的一句虽好，可是若与邻句配合不好，还是不会美满；我们把几朵花插入瓶中，不是要摆弄半天，才能满意么？上句不接下句是个大毛病。因此，我们不要为得到了一句好句子，便拍案叫绝，自居为才子。假若这一好句并不能和上下句作好邻居，它也许发生很坏的效果。我们写作的时候虽然是写完一句再写一句，可不妨在下笔之前，想出一整段儿来。胸有成竹必定比东一笔西一笔乱画好的多。即使这么作了，等到一段写完之后，我们还须再加工，把每句都再细看一遍，看看每句是不是都足以帮助说明这一段所要传达的思想与事实，看看在情调上是不是一致，好教这全段有一定的气氛。不管句子怎么好，只要它在全段中不发生作用，就是废话，必须狠心删去。肯删改自己的文字的必有出息。

长句子容易出毛病。把一句长的分为两三句短的，也许是个好办法。长句即使不出毛病，也有把笔力弄弱的危险，我们须多留神。还有，句子本无须拖长，但作者不知语言之美，或醉心欧化的文法，硬把它写得长长的，好像不写长句，便不足以表现文才似的。这是个错误。一个作家必须会运用他的本国的语言，而且会从语言中创造出精美的散文来。假若我们把下边的这长句：

> 不只是掠夺了人民的财富，一种物质上的掠夺；此外，更还掠夺了人民的精神上的食粮。

改为：

> 不只掠夺了人民的物质财富，而且抢夺了人民的精神食粮。

一定不会教原文吃了亏。

四、一篇文字的分段不是偶然的。一段是思想的或事实的一个自然的段落，少说点就不够，多说点就累赘。一句可作一段，五十句也可作一段，句子可多可少，全看应否告一段落。写到某处，我们会觉得已经说明了一个道理或一件事实，而且下面要改说别的了，我们就在此停住，作为一段。假若我们的思路有条有理，我们必会这么适可而止地、自自然然地分段。反之，假若我们心中糊里糊涂，分段就大不容易，而拉不断扯不断，不能清楚分段的文章，必是糊涂文章。

有适当的分段，文章才能清楚地有了起承转合。有适当的分段，文章才能眉目清楚，虽没有逐段加上小标题，而读者却仿佛看见了小标题似的。有适当的分段，读者才能到地方喘一口气，去消化这一段的含韫。近来，写文章的一个通病，就是到地方不愿分段，而迷迷糊糊地写下去。于是，读者就因喘不过气来，失去线索，感到烦闷，不再往下念。

写完了一段，或几段，自己朗读一遍，是最有用的办法。当我们在白纸上画黑道儿的时候，我们只顾了用心选择字眼，用心造句；我们的心好像全放在了纸上。及至自己朗读刚写好的文字的时候，我们才能发现：

（1）纸上的文字只尽了述说的责任，而没顾到文字的声音之美与形象之美。字是用对了，但是也许不大好听；句子造完整了，但是也许太短或太长，念起来不顺嘴。字句的声音很悦耳了，但也许没有写出具体的形象，使读者不能立刻抓到我们所描写的东西。这些缺点是非用耳朵听过，不能发现的。

（2）今天的写作的人们大概都知道尊重口语，可是，在拿起笔来的时候，大家都不知不觉地抖露出来欧化的句法，或不必要的新名词与修辞。经过朗读，我们才能发现：欧化的句法是多么不自然；不必要的新名词与修辞是多么没有力量，不单没有帮助我们使形象突出，反倒给形象罩上了一层烟雾。经过朗读，我们必会把不必要的形容字与虚字删去许多，因而使文字挺脱结实起来。“然而”“所以”“徘徊”“涟漪”，这类的字会因受到我们的耳朵的抗议而被删去——我们的耳朵比眼睛更不客气些。耳朵听到了我们的文字，会立刻告诉我们：这个字不现成，请再想想吧。这样，我们就会把文字逐渐改得更现成一些。文字现成，文章便显着清浅活泼，使读者感到舒服，不知不觉地受了感化。

（3）一段中的句子要有变化，不许一边倒，老用一种结构。这，在写的时候，也许不大看得出来；赶到一朗读，这个缺点即被发现。比如：“他是个做小生意的。他的眼睛很大。他的嘴很小。他不十分体面。”读起来便不起劲，因为句子的结构是一顺边儿，没有变化。假若我们把它们改成：“他是个做小生意的。大眼睛，小嘴，他不十分体面。”便显出变化生动来了。同样的，一句之中，我们往往不经心地犯了用字重复的毛病，也能在朗读时发现，设法矫正。例如：“他本是本地的人。”此语是讲得通的，可是两个“本”字究竟有点别扭，一定不如“他原是本地的人”那么好。

以上是略为说明：散文为什么要用加过工的语言和怎样加工。以下就要说，怎么去组织一篇文字了。

五、无论是写一部小说，还是一篇杂文，都须有组织。有组织的文字才能成为文艺作品。因此，无论是写一部小说，还是一篇短的杂文，我们都须事先详细计划一番，作出个提纲。写了一段，临时现去想下段，是很危险的。最好是一写头一段的时候，就已经计划好末一段说什么。

有了全盘的计划，我们才晓得对题发言，不东一句西一句地瞎扯。

有了全盘的计划，我们才能决定选用什么样的语言。要写一篇会务报告，我们就用清浅明确的文字；要写一篇浪漫的小说，就用极带感情的文字。我们的文字是与文体相配备的。写信跟父母要钱，我们顶好老老实实地陈说；假若给他老人家写一些散文诗去，会减少了要到钱的希望的。

有了全盘的计划，我们才会就着这计划去想：怎样把这篇东西写得最简练而最有效果。文艺的手法贵在经济。我看见过不少这样的文章：内容、思想，都好；可是，写得太冗太多，使人读不下去。这毛病是在文章组织得不够精细。“多想少写”是个值得推荐的办法。散文并不真是“散”的。

这样，总结起来说，要把散文写好，须在字上，句上，段上，篇上，都多多加工；这也就是说，在写一篇散文的时候，我们须先在思想上加工，决定教一字不苟，一字不冗。文章是写给大家看的。写得乱七八糟，便是自己偷了懒，而耽误了别人的工夫；那对不起人！

献　曝*

一

抓住某一些情感，或某一点见解，便拼命的宣泄发挥，是浪漫派写家的好处，亦其短处。好处：不顾一切，率性直前，若能一往深情，亦颇足动人。坏处：恃才率性，所见未必正确，观察未必详密，或失之偏，或失之空。

写实者应该是，必先详为观察，使材料充实，而后妥为布置，使形式严密。

青年学习写作，宜具浪漫者一往直前的勇气，否则考虑过多，时进时停，永无成篇之日，勤于动笔，到文字略有把握的时候，应改取写实者的态度，使文严事确，乃有进益。

---

* 本文原载1942年1月《文艺青年》第三卷第一期。收入文集《出口成章——论文学语言及其他》。

二

摹仿别人，则失去自己。同一件事，有多少不同的说法与看法。我自己如何说，即我的风格。我自己如何看，即我的见解。文字摹仿别人，便失去了自己的风格。见解抄袭别人，即失了自己的思想。青年要多多学习，但学习不是摹仿。学习如吃饭，菜蔬米饭须细嚼缓咽，使之消化，成为自己的血液。若整个吃下，又整个吐出，必无好处。

三

要做一个写家，须先做一个“人”。假若人格不崇高，气度不宏大，而只仗着几个漂亮文字支持自己，则必难有何建树。盖自己不崇高宏大，何以能体会世上最善最美的事？何以心明如镜，鉴别善恶？有了真人，而后才有至文，文艺并非文字把戏也。

四

文艺作品不仅是报告一些什么事，它于报告之外，还要给一个解释，并且能使人深深的感动，接受这解释。青年学习写作，不仅要多看事，还要“想”事；想不出个道理来，便且慢动笔；因为只说事实，而不说道理，仅是

“学舌”而已。想出道理，再设法用人物，用事实，用文字，从感情方面激动人心，使人同情你的人物，相信你的事实，喜欢你的文字，于不知不觉之间便接受了你的解释，才算成功。

注：《文艺青年》索稿，患头晕，不能用脑；草草成上列四义，未克详为解说，甚惭！

三十，十二，十六

第二辑　人、物、语言

人、物、语言*

在文学修养中，语言学习是很重要的。没有运用语言的本事，即无从表达思想、感情；即使敷衍成篇，也不会有多少说服力。

语言的学习是从事写作的基本功夫。

学习语言须连人带话一齐来、连东西带话一齐来。这怎么讲呢？这是说，孤立地去记下来一些名词与话语，语言便是死的，没有多大的用处。鹦鹉学舌就是这样，只会死记，不会灵活运用。孤立地记住些什么“这不结啦”“说干脆的”“包了圆儿”……并不就能生动地描绘出一个北京人来。

---

* 本文原载1963年2月5日《北方文学》二月号，曾收入《出口成章——论文学语言及其他》。

我们记住语言，还须注意它的思想感情，注意说话人的性格、阶级、文化程度，和说话时的神情与音调等等。这就是说，必须注意一个人为什么说那句话，和他怎么说那句话的。通过一些话，我们可以看出他的生活与性格来。这就叫连人带话一齐来。这样，我们在写作时，才会由人物的生活与性格出发，什么人说什么话，张三与李四的话是不大一样的。即使他俩说同一事件，用同样的字句，也各有各的说法。

语言是与人物的生活、性格等等分不开的。光记住一些话，而不注意说话的人，便摸不到根儿。我们必须摸到那个根儿——为什么这个人说这样的话，那个人说那样的话，这个人这么说，那个人那么说。必须随时留心，仔细观察，并加以揣摩。先由话知人，而后才能用话表现人，使语言性格化。

不仅对人物如此，就是对不会说话的草木泉石等等，我们也要抓住它们的特点特质，精辟地描写出来。它们不会说话，我们用自己的语言替它们说话。杜甫写过这么一句："塞水不成河"。这确是塞外的水，不是江南的水。塞外荒沙野水，往往流不成河。这是经过诗人仔细观察，提出特点，成为诗句的。

塞水没有自己的语言。"塞水不成河"这几个字是诗人自己的语言。这几个字都很普通。不过，经过诗人这么一运用，便成为一景，非常鲜明。可见只要仔细观察，抓到不说话的东西的特点特质，就可以替它们说话。没有见过塞水的，写不出这句诗来。我们对一草一木，一泉一石，都须下功夫观察。找到了它们的特点特质，我们就可以用普通的话写出诗来。光记住一些“柳暗花明”“桃红柳绿”等泛泛的话，是没有多大用处的。泛泛的词藻总是人云亦云，见不出创造本领来。用我们自己的话道出东西的特质，便出语惊人，富有诗意。这就是连东西带话一齐来的意思。

杜甫还有这么一句：“月是故乡明”。这并不是月的特质。月不会特意照顾诗人的故乡，分外明亮一些。这是诗人见景生情，因怀念故乡，而把这个特点加给了月亮。我们并不因此而反对这句诗。不，我们反倒觉得它颇有些感染力。这是另一种连人带话一齐来。“塞水不成河”是客观的观察，“月是故乡明”是主观的情感。诗人不直接说出思乡之苦，而说故乡的月色更明，更亲切，更可爱。我们若不去揣摩诗人的感情，而专看字面儿，这句诗便有些不通了。

是的，我们学习语言，不要忘了观察人，观察事物。有时候，见景生情，还可以把自己的感情加到东西上去。

我们了解了人，才能了解他的话，从而学会以性格化的话去表现人。我们了解了事物，找出特点与本质，便可以一针见血地状物绘景，生动精到。人与话，物与话，须一齐学习，一齐创造。

谈幽默*

“幽默”这个字在字典上有十来个不同的定义。还是把字典放下，让咱们随便谈吧。据我看，它首要的是一种心态。我们知道，有许多人是神经过敏的，每每以过度的感情看事，而不肯容人。这样人假若是文艺作家，他的作品中必含着强烈的刺激性，或牢骚，或伤感；他老看别人不顺眼，而愿使大家都随着他自己走，或是对自己的遭遇不满，而伤感的自怜。反之，幽默的人便不这样，他既不呼号叫骂，看别人都不是东西，也不顾影自怜，看自己如一活宝贝。他是由事事中看出可笑之点，而技巧的写出来。他自己看出人间的缺欠，也愿使别人看到。不但仅是看

---

* 本文原载1936年8月16日《宇宙风》第二十三期，收人评论集《老牛破车》。

到，他还承认人类的缺欠；于是人人有可笑之处，他自己也非例外，再往大处一想，人寿百年，而企图无限，根本矛盾可笑。于是笑里带着同情，而幽默乃通于深奥。所以Thackeray[①]说："幽默的写家是要唤醒与指导你的爱心，怜悯，善意——你的恨恶不实在，假装，作伪——你的同情与弱者，穷者，被压迫者，不快乐者。"

Walpole[②]说："幽默者'看'事，悲剧家'觉'之。"这句话更能补证上面的一段。我们细心"看"事物，总可以发现些缺欠可笑之处；及至钉着坑儿去咂摸，便要悲观了。

我们应再进一步的问，除了上面这点说明，能不能再清楚一些的认识幽默呢？好吧，我们先拿出几个与它相近，而且往往与它相关的几个字，与它比一比，或者可以稍微使我们清楚一点。反语（irony），讽刺（satire），机智（wit），滑稽剧（farce），奇趣（whimsicality），这几个字都和幽默有相当的关系。我们先说那个最难讲的——奇趣。这个字在应用上是很松泛的，无论什么样子的打趣与奇想

① 萨克雷（1811—1863），英国作家，维多利亚时代的代表作家，代表作《名利场》。——编者注（本书注释均为编者所加，以下不再标注。）

② 沃波尔（1717—1797），英国作家，首创哥特式小说，著有《奥特兰托城堡》。

都可以用这个字来表示,《西游记》的奇事,《镜花缘》中的冒险,《庄子》的寓言，都可以叫作奇趣。可是，在分析文艺品类的时候，往往以奇趣与幽默放在一处，如《现代小说的研究》的著者Marble[①]便把whimsicality and humour[②]作为一类。这大概是因为奇趣的范围很广，为方便起见，就把幽默也加了进去。一般地说，幻想的作品——即使是别有目的——不能不利用幽默，以便使文字生动有趣；所以这二者——奇趣与幽默——就往往成了一家人。这个，简直不但不能帮忙我们看明何为幽默，反倒使我更糊涂了。不过，有一点可是很清楚：就是文字要生动有趣，必须利用幽默。在这里，我们没弄清幽默是什么，可是明白幽默很重要的一个效用。假若干燥，晦涩，无趣，是文艺的致命伤；幽默便有了很大的重要；这就是它之所以成为文艺的因素之一的缘故吧。

至于反语，便和幽默有些不同了；虽然它俩还是可以联合在一处的东西。反语是暗示出一种冲突。这就是说，一句中有两个相反的意思，所要说的真意却不在话内，而是暗示出来的。《史记》上载着这么回事：秦始皇要修个大

① 今译为马布尔。

② 即奇趣和幽默。

园子，优旃对他说：“好哇，多多搜集飞禽走兽，等敌人从东方来的时候，就叫麋鹿去挡一阵，满好！”这个话，在表面上，是顺着始皇的意思说的。可是咱们和始皇都能听出其中的真意；不管咱们怎样吧，反正始皇就没再提造园的事。优旃的话便是反语。它比幽默要轻妙冷静一些。它也能引起我们的笑，可是得明白了它的真意以后才能笑。它在文艺中，特别是小品文中，是风格轻妙，引人微笑的助成者。据会古希腊语的说：这个字原意便是“说”，以别于“意”。因此，这个字还有个较实在的用处——在文艺中描写人生的矛盾与冲突，直以此字的含意用之人生上，而不只在文字上声东击西。在悲剧中，或小说中，聪明的人每每落在自己的陷阱里，聪明反被聪明误；这个，和与此相类的矛盾，普遍被称为Sophoclean irony①。不过，这与幽默是没什么关系的。

现在说讽刺。讽刺必须幽默，但它比幽默厉害。它必须用极锐利的口吻说出来，给人一种极强烈的冷嘲；它不使我们痛快的笑，而是使我们淡淡的一笑，笑完因反省而面红过耳。讽刺家故意的使我们不同情于他所描写的人或事。在它的领域里，反语的应用似乎较多于幽默，因为反

① 索福克勒斯（古希腊悲剧诗人）的反语或索福克勒斯悲剧的反语。

语也是冷静的。讽刺家的心态好似是看透了这个世界，而去极巧妙的攻击人类的短处，如《海外轩渠录》，如《镜花缘》中的一部分，都是这种心态的表现。幽默者的心是热的，讽刺家的心是冷的；因此，讽刺多是破坏的。马克·吐温（Mark Twain）可以被人形容作："粗壮，心宽，有天赋的用字之才，使我们一齐发笑。他以草原的野火与西方的泥土建设起他的真实的罗曼司，指示给我们，在一切重要之点上我们都是一样的。"这是个幽默者。让咱们来看看讽刺家是什么样子吧。好，看看Swift[①]这个家伙；当他赞美自己的作品时，他这么说："好上帝。我写那本书的时候，我是何等的一个天才呀！"在他廿六岁的时候，他希望他的诗能够："每一行会刺，会炸，像短刃与火。"是的，幽默与讽刺二者常常在一块儿露面，不易分划开；可是，幽默者与讽刺家的心态，大体上是有很清楚的区别的。幽默者有个热心肠儿，讽刺家则时常由婉刺而进为笑骂与嘲弄。在文艺的形式上也可以看出二者的区别来：作品可以整个的叫作讽刺，一出戏或一部小说都可以在书名下注明a satire。幽默不能这样。"幽默的"至多不过是形容作品的可笑，并不足以说明内容的含意如何。"一个讽刺"（a satire）

① 斯威夫特（1667—1745），英国讽刺作家，代表作《格列佛游记》。

则分明是有计划的，整本大套的讥讽或嘲骂。一本讽刺的戏剧或小说，必有个道德的目的，以笑来矫正或诛伐。幽默的作品也能有道德的目的，但不必一定如此。讽刺因道德目的而必须毒辣不留情，幽默则宽泛一些，也就宽厚一些，它可以讽刺，也可以不讽刺，一高兴还可以什么也不为而只求和大家笑一场。

机智是什么呢？它是用极聪明的，极锐利的言语，来道出像格言似的东西，使人读了心跳。中国的老子、庄子都有这种聪明。讽刺已经很厉害了，可到底要设法从旁面攻击；至于机智则是劈面一刀，登时见血。“圣人不死，大盗不止！”这才够味儿。不论这个道理如何，它的说法的锐敏就够使人跳起来的了。有机智的人大概是看出一条真理，便毫不含糊的写出来；幽默的人是看出可笑的事而技巧的写出来；前者纯用理智，后者则赖想象来帮忙。Chesterton[①]说：“在事物中看出一贯的，是有机智的。在事物中看出不一贯的，是个幽默者。”这样，机智的应用，自然在讽刺中比在幽默中多，因为幽默者的心态较为温厚，而讽刺与机智则要显出个人思想的优越。

---

① 切斯特顿（1874—1936），英国作家、文学评论家、诗人。著有推理小说《布朗神父探案》，小说《诺廷山上的拿破仑》，诗集《野骑士》《新诗集》，论著《文学中的维多利亚时代》。有“悖论王子”之誉。

滑稽戏（farce）在中国的老话儿里应叫作“闹戏”，如《瞎子逛灯》之类。这种东西没有多少意思，不过是充分的作出可笑的局面，引人发笑。在影戏的短片中，什么把一套碟子都摔在头上，什么把汽车开进墙里去，就是这种东西。这是幽默发了疯；它抓住幽默的一点原理与技巧而充分的去发展，不管别的，只管逗笑，假若机智是感诉理智的，闹戏则仗着身体的摔打乱闹。喜剧批评生命，闹戏是故意招笑。假若幽默也可以分等的话，这是最下级的幽默。因为它要摔打乱闹的行动，所以在舞台上较易表现；在小说与诗中几乎没有什么地位。不过，在近代幽默短篇小说里往往只为逗笑，而忽略了——或根本缺乏——那“笑的哲人”的态度。这种作品使我们笑得肚痛，但是除了对读者的身体也许有点益处——笑为化食糖呀——而外，恐怕任什么也没有了。

有上面这一点粗略的分析，我们现在或者清楚一些了：反语是似是而非，借此说彼；幽默有时候也有弦外之音，但不必老这个样子。讽刺是文艺的一格，诗、戏剧、小说、都可以整篇的被呼为a satire；幽默在态度上没有讽刺这样厉害，在文体上也不这样严整。机智是将世事人心放在X光线下照透，幽默则不带这种超越的态度，而似乎把人都看成兄弟，大家都有短处。闹戏是幽默的一种，但不甚高明。

拿几句话作例子，也许就更能清楚一些：

> 今天贴了标语，明天中国就强起来——反语。
>
> 君子国的标语："之乎者也"——讽刺。
>
> 标语是弱者的广告——机智。
>
> 张三把"提倡国货"的标语贴在祖坟上——滑稽；再加上些贴标语时怎样摔跟头等等招笑的行动，就成了闹戏。
>
> 张三把"打倒帝国主义走狗"贴成"走狗打倒帝国主义"——幽默：这个张三贴一天的标语也许才挣三毛小洋，贴错了当然要受罚；我们笑这种贴法，可是很可怜张三。

这几个例子摆在纸面上也许能帮助我们分别的认清它们，但在事实上是不易这样分划开的。从性质上说，机智与讽刺不易分开，讽刺也有时候要利用闹戏；至于幽默，就更难独立。从一篇文章上说，一篇幽默的文字也许利用各种方法，很难纯粹。我们简直可以把这些都包括在幽默之内，而把它们看成各种手法与情调。我们这样分析它们与其说是为从形式上分别得清楚，还不如说是为表明幽默——大概的说——有它特具的心态。

所谓幽默的心态就是一视同仁的好笑的心态。有这种心态的人虽不必是个艺术家，他还是能在行为上言语上思想上表现出这个幽默态度。这种态度是人生里很可宝贵的，因为它表现着心怀宽大。一个会笑，而且能笑自己的人，决不会为件小事而急躁怀恨。往小了说，他决不会因为自己的孩子挨了邻儿一拳，而去打邻儿的爸爸。往大了说，他决不会因为战胜政敌而去请清兵。褊狭，自是，是“四海兄弟”这个理想的大障碍；幽默专治此病。嬉皮笑脸并非幽默；和颜悦色，心宽气朗，才是幽默。一个幽默写家对于世事，如入异国观光，事事有趣。他指出世人的愚笨可怜，也指出那可爱的小古怪地点。世上最伟大的人，最有理想的人，也许正是最愚而可笑的人，吉诃德先生即一好例。幽默的写家会同情于一个满街追帽子的大胖子，也同情——因为他明白——那攻打风磨的愚人的真诚与伟大。

景物的描写*

在民间故事里，往往拿“有那么一回”起首，没有特定的景物。这类故事多数是纯朴可爱的，但显然是古代流传下来的，把故事中的人名地点与时间已全磨了去。近代小说就不同了，故事中的人物固然是独立的，它的背景也是特定的。背景的重要不只是写一些风景或东西，使故事更鲜明确定一点，而是它与人物故事都分不开，好似天然长在一处的。背景的范围也很广：社会、家庭、阶级、职业、时间等等都可以算在里边。把这些放在一个主题之下，便形成了特有的色彩。有了这个色彩，故事才能有骨有肉。到今日而仍写些某地某生者，就是没有明白这一点。

---

* 本文原载1936年9月1日《宇宙风》第二十四期。收入评论集《老牛破车》。

这不仅是随手描写一下而已，有时候也是写小说的动机。我没有详明的统计为证，只就读书的经验来说，回忆体的作品可真见到过不少。这种作品里也许是对于一人或一事的回忆，可是地方景况的追念至少也得算写作动机之一。“我们最美好的希望是我们最美好的记忆。”我们幼时所熟习的地方景物，即一木一石，当追想起来，都足以引起热烈的情感。正如莫泊桑在《回忆》中所言：

> 你们记得那些在巴黎附近一带的浪游日子吗？我们的穷快活吗，我们在各处森林的新绿下面的散步吗，我们在塞因河边的小酒店里的晴光沉醉吗，和我们那些极平凡而极隽美的爱情上的奇遇吗？

许多好小说是由这种追忆而写成的；假若这里似乎缺乏一二实例来证明，那正是因为例子太容易找到的缘故。我们所最熟习的社会与地方，不管是多么平凡，总是最亲切的。亲切，所以能产生好的作品。到一个新的地方，我们很能得一些印象，得到一些能写成很好的旅记的材料。但印象终归是印象，至好不过能表现出我们观察力的精确与敏锐；而不能作到信笔写来，头头是道。至于我们所熟习的地方，特别是自幼生长在那里的地方，就不止于给我们一些印象了，而是它的一切都深印在我们的生活里，我们对于它能像对于自己分析得那么详细，连那里空气中所含的一点特别味道都能一闭眼还想象的闻到。所以，就是那富于想象力的迭更司[①]与威尔斯[②]，也时常在作品中写出他们少年时代的经历，因为只有这种追忆是准确的，特定的，亲切的，真能供给一种特别的境界。这个境界使全个故事带出独有的色彩，而不能用别的任何景物来代替。在有这种境界的作品里，换了背景，就几乎没了故事；哈代[③]与康拉得[④]都足以证明这个。在这二人的作品中，景物与人物的相关，是一种心理的，生理的，与哲理的解析，在某种地方与社会便非发生某种事实不可；人始终逃不出景物的毒手，正如蝇的不能逃出蛛网。这种悲观主义是否合理，暂且不去管；这样写法无疑的是可效法的。这就是说，他们对于所要描写的景物是那么熟悉，简直的把它当作个有心

---

① 今译狄更斯（1812—1870），英国作家，代表作有长篇小说《大卫·科波菲尔》《双城记》《雾都孤儿》《远大前程》等。

② 威尔斯（1866—1946），英国小说家、政治家。其科幻小说影响深远。代表作有《时间机器》《莫洛博士岛》《隐身人》《星际战争》等。

③ 哈代（1840—1928），英国诗人、小说家。代表作有《德伯家的苔丝》《无名的裘德》等。

④ 康拉得（1857—1924），今译康拉德，英国作家，擅长写海洋冒险小说。代表作有《吉姆爷》《黑暗的心》。

灵的东西看待，处处是活的，处处是特定的，没有一点是空泛的。读了这样的作品，我们才能明白怎样去利用背景；即使我们不愿以背景辖束人生，至少我们知道了怎样去把景物与人生密切的联成一片。

至于神秘的故事，便更重视地点了，因为背景是神秘之所由来。这种背景也许是真的，也许是假的，但没有此背景便没有此故事。Algernon Blackwood[①]是离不开山，水，风，火的，坡[②]便喜欢由想象中创构出像*The House of Usher*[③]那样的景物。在他们的作品中，背景的特质比人物的个性更重要的多。这是近代才有的写法，是整个的把故事容纳在艺术的布景中。

有了这种写法，就是那不专重背景的作品也会知道在描写人的动作之前，先去写些景物，并不为写景而写景，而是有意的这样布置，使感情加厚。像劳伦司[④]的《白孔雀》

---

① 阿尔杰农·布莱克伍德（1869—1951），英国恐怖小说家。代表作有《空屋子与鬼故事》《人首马身怪》《柳树》《琼斯的疯狂》。

② 爱伦·坡（1809—1949），美国诗人、小说家，代表作有诗歌《乌鸦》，小说《黑猫》《厄舍府的倒塌》。

③ 爱伦·坡小说《厄舍府的倒塌》中的厄舍府。

④ 今译劳伦斯（1885—1930），英国小说家，1911年出版第一部长篇小说《白孔雀》，代表作有《儿子与情人》《虹》《恋爱中的女人》《查泰莱夫人的情人》。

中的描写出殡，就是先以鸟啼引起妇人的哭声："小山顶上又起啼声。"而后，一具白棺材，后面随着个高大不像样的妇人，高声的哭叫。小孩扯着她的裙，也哭。人的哭声吓飞了鸟儿。何等的凄凉！

康拉得就更厉害，使我们读了之后，不知是人力大，还是自然的力量更大。正如他说：

> 青春与海！好而壮的海，苦咸的海，能向你耳语，能向你吼叫，能把你打得不能呼吸。

是的，能耳语，近代描写的功夫能使景物对人耳语。写家不但使我们感觉到他所描写的，而且使我们领会到宇宙的秘密。他不仅是精详的去观察，也仿佛捉住天地间无所不在的一种灵气，从而给我们一点启示与解释。哈代的一阵风可以是："一极大的悲苦的灵魂之叹息，与宇宙同阔，与历史同久。"

这样看来，我们写景不要以景物为静止的；不要前面有人，后面加上一些不相干的田园山水，作为装饰，像西洋中古的画像那样。我们在设想一个故事的全局时，便应打算好要什么背景。我们须想好要这背景干什么，否则不用去写。人物如花草的子粒，背景是园地，把这颗子粒种在这个园里，它便长成这个园里的一棵花。所谓特定的色彩，便是使故事有了园地。

有人说，古希腊与罗马文艺中，表现自然多注意它的实用的价值，而缺乏纯粹的审美。浪漫运动无疑的是在这个缺陷上予以很有力的矫正，把诗歌和自然的崇高与奥旨联结起来，在诗歌的节奏里感到宇宙的脉息。我们当然不便去摹拟古典文艺的只看加了人工的田园之美，可是不妨把“实用价值”换个说法，就是无论我们要写什么样的风景，人工的园林也好，荒山野海也好，我们必须预定好景物对作品的功用如何。真实的地方色彩，必须与人物的性格或地方的事实有关系，以助成故事的完美与真实。反之，主观的，想象的背景，是为引起某种趣味与效果，如温室中的热气，专为培养出某种人与事，人与事只是为作足这背景的力量而设的。Pitkin①说：“在司悌芬孙，自然常是那主要的女角；在康拉得，哈代，和多数以景物为主体的写家，自然是书中的恶人；在霍桑，它有时候是主角的黑影。”这是值得玩味的话。

---

① 即沃尔特·B.皮特金（1878—1953），美国作家，曾任哥伦比亚大学教授，出版多部著作，其中《人生40才开始》1932年出版后即被评为《纽约时报》年度畅销书。这段话出自*The Art and the Business of Story Writing*这本书。

写景在浪漫的作品中足以增高美的分量，真的，差不多没有再比写景能使文字充分表现出美来的了。我们读了这种作品，其中有许多美好的诗意的描写，使我们欣喜，可是谁也有这个经验吧——读完了一本小说，只记得些散碎的事情，对于景物几乎一点也不记得。这个毛病就在于写得太空泛，只是些点缀，而与故事没有顶亲密的关系。天然之美是绝对的，不是比较的。一个风景有一个特别的美，永远独立。假若在作品中随便的写些风景，即使写得很美，也不能给读者以深刻的印象。还有，即使把特定的景物写得很美妙，而与故事没有多少关系，仍然不会有多少艺术的感诉力。我们永忘不了《块肉余生》[①]里Ham（汉姆）下海救人那段描写，为什么？写得好自然是一个原因，可是主要的还是因为这段描写恰好足以增高故事中的戏剧的力量；时候，事情，全是特异的，再遇上这特异的景物，所以便永不会被人忘记。设若景阳冈上来的不是武二，而是武大，就是有一百条老虎也不会有什么惊人的地方。

为增高故事中的美的效力，当然要设法把景物写得美好了，但写景的目的不完全在审美上。美不美是次要的问题，最要紧的是在写出一个“景”来。我们一提到“景”

① 今译为《大卫·科波菲尔》。

这个字，仿佛就联想到“美景良辰”。其实写家的本事不完全在能把普通的地点美化了，而在乎他把任何地点都能整理得成一个独立的景。这个也许美，也许丑。假如我们要写下等妓女所居留的窄巷中，除非我们是《恶之花》的颓废人物，大概总不会发疯似的以臭为香。我们必须把这窄巷中的丑恶写出来，才能把它对人生的影响揭显得清楚。我们的责任就在于怎样使这丑恶成为一景。这就是说，我们当把这丑陋的景物扼要的，经济的，净炼的，提出，使它浮现在纸面上，以最有力的图像去感诉。把田园木石写美了是比较容易的，任何一个平凡的文人也会编造些“天朗气清，惠风和畅”这类的句子。把任何景物都能恰当的，简要的，准确的，写成一景，使人读到马上能似身入其境，就不大容易了。这也就是我们所应当注意的地方。

写景不必一定用很生的字眼去雕饰，但须简单的暗示出一种境地。诗的妙处不在它的用字生僻，“只在此山中，云深不知处”，是诗境的暗示，不用生字，更用不着细细的描画。小说中写景也可以取用此法。贪用生字与修辞是想以文字讨好，心中也许一无所有，而要专凭文字去骗人；许多写景的“赋”恐怕就是这种冤人的玩意。真本事是在用几句浅显的话，写成一个景——不是以文字来敷衍，而是心中有物，且找到了最适当的文字。看莫泊桑的《归来》:

> 海水用它那单调和轻短的浪花，拂着海岸。那些被大风推送的白云，飞鸟一般在蔚蓝的天空斜刺里跑也似的经过；那村子在向着大洋的山坡里，负着日光。

一句话便把村子的位置说明白了，而且是多么雄厚有力："那村子在向着大洋的山坡里，负着日光。"这是一整个的景，山、海、村，连太阳都在里边。我们最怕心中没有一种境地，而硬要配上几句，纵然用上许多漂亮的字眼，也无济于事。心中有了一种境地，而不会扼住要点，枝节的去叙述，也不能讨好。这是写实的作家常爱犯的毛病。因为力求细腻，所以逐一描写，适足以招人厌烦——像巴尔扎克的《乡医》的开首那种描写。我们观察要详尽，不错；但是观察之后而找不出一些意义来，便没有什么用处。一个地方的邮差比谁知道的街道与住户也详细吧，可是他未必明白那个地方。详细的观察，而后精确的写述，只是一种报告而已。文艺中的描绘，须使读者身入其境的去"觉到"。我们不能只拿读者当作旁观者，有时候也应请读者分担故事中人物的感觉；这样，读者才能深受感动，才能领会到人在景物中的动作与感情。

"比拟"是足以给人以鲜明印象的。普通的比拟，可是适足以惹人讨厌，还不如简单的直说。要用比拟，便须惊人；不然，就干脆不用。空洞的修辞是最要不得的。在这里，我们应当提出“观察”这个字，加以解释。一般的总以为观察便是要写山就去观山，要写海便去看海。这自然是该有的事，可是这还不够，我们须更进一步，时时刻刻的留心，对什么也感到趣味；然后到写作的时候，才能把不相干的东西联想到一处，而创出顶好的比喻。夜间火山的一明一灭，与吕宋烟的烧燃，毫无关系。可是以烟头的燃烧，比拟夜间火山口的明灭，便非常的出色。吕宋烟头之小，火山之大，都在我们心中，才能到时候发生妙用。所谓观察便是无时无地不在留心，而到描写的时候，随时的有美妙的联想，把一切东西都写得活泼泼的，就好像一个健壮的人，全身的血脉都那么鲜净流畅。小说家的本事就在这里。辛克莱[①]与其他的热心揭发人世黑暗的写家们，都犯了一个毛病：真下功夫去观察所要揭发的事实，可是忘记了怎样去把它们写成文艺作品。他们的叙述是力求正确详细，可是只限于这一点，他们没能随手的表现出人生更大更广的经验。他们的好处是对于某一地一事的精确，

---

① 辛克莱（1878—1968），美国作家，代表作《屠宰场》，有“社会丑事揭发派”作家之称。

他们的缺点是局面太小。设若托尔司太[①]生在现时，也写《屠场》那类的东西，他一定不仅写成怪好的报告，而也能像《战争与和平》那样的真实与广大。《战争与和平》的伟大不在乎人多事多，穿插复杂，而在乎处处亲切活现，使人真想拿托尔司太当个会创造世界的神仙。最伟大的作家都是这样，他们在一个主题下贯串起来全部的人生经验。这并不是说，他们总是乌烟瘴气的把所知道的都写进去，不是！他们是在描写一景一事的时候，随时随地的运用着一切经验，使全部故事没有落空的地方。中国电影，因为资本小，人才少，所以总是那么简陋没劲。美国的电影，即使是瞎胡闹一回，每个镜头总有些花样，有些特别的布置，绝不空空洞洞。写小说也是如此，得每个镜头都不空。精确的比拟是最有力的小花样，处处有这种小花样，故事便会不单调，不空洞。写一件事需要一千件事作底子，因为一个人的鼻子可以像一头蒜，林中的小果在叶儿一动光儿一闪之际可以像个猛兽的眼睛，作家得上自绸缎，下至葱蒜，都预备好呀！

可是，有的人根本不会写景，怎办呢？有一个办法，不写。狄福在《鲁滨逊漂流记》中自然是景物逼真了，可

① 今译托尔斯泰。

是他的别的作品往往是一直的说下去，并不细说景物，而故事也还很真切。他有个本事，能借人物的活动暗示出环境来，因而可以不大去管景物的描述。这个，说真的，可实在不易学。我们只须记住这个，不善写景就不必勉强，而应当多注意到人物与事实上去；千万别拉扯上一些不相干的柳暗花明，或菊花时节什么的。

时间的利用，也和景物一样，因时间的不同，故事的气味也便不同了。有个确定的时间，故事一开首便有了特异的味道。在短篇小说里，这几乎比写景还重要。

故事中所需用的时间，长短是不拘的，一天也可以，十年也可以；这全依故事中的人物与事实而定。不过，时间越长，越须注意到季节描写的正确。据我个人的经验，想利用一个地点作背景，作者至少须在那里住过一年；我觉得把一地的四时冷暖都领略过，对于此地才能算有了相当的认识。地方的气候季节如个人的喜怒哀乐，知道了它的冷暖阴晴才摸到它的脾气。

对于一个特别的时间，也很好利用，如大跳舞会，赶集，庙会等，假使我们描写有钱有闲的社会，开首就利用大跳舞会，便很有力量。同样，描写农村而利用赶集，庙会，也是有不少便宜的。依此类推，一件事必当有个特别时间，唯有在此时间内事实能格外鲜明，如雨后的山景。

还有，最好利用的是人们所忽视的时候，如天快亮了的时候。这时候，跳舞会完了，妇女们已疲倦得不得了，而仍狂吸着香烟。这时候，打牌的人们脸上已发绿，可把眼还瞪着那些小长方块。这时候，穷人们为避免巡警的监视，睡眼巴睁的去拾煤核儿。简单的说，这可以叫作时间的隙缝，在隙缝之间，人们把真形才显露出来。时间所给的感情，正如景物，夜间与白天不同，春天与秋天不同，雨天与晴天不同；这个不难利用。在这个之外，我们还须去找缝子，学校闹风潮，或绅士家里半夜三更的妻妾哭吵，是特别有价值的一刻。

人物的描写*

按照旧说法，创作的中心是人物。凭空给世界增加了几个不朽的人物，如武松、黛玉等，才叫作创造。因此，小说的成败，是以人物为准，不仗着事实。世事万千，都转眼即逝，一时新颖，不久即归陈腐，只有人物足垂不朽。此所以十续《施公案》，反不如一个武松的价值也。

可是近代文艺受了两个无可避免的影响——科学与社会自觉。受着科学的影响，不要说文艺作品中的事实须精确详细了，就是人物也须合乎生理学心理学等等的原则。于是佳人才子与英雄巨人全渐次失去地盘，人物个性的表现成了人物个性的分析。这一方面使人物更真实更复杂，

---

* 本文原载1936年11月1日《宇宙风》第二十八期。收入评论集《老牛破车》。

另一方面使创造受了些损失，因为分析就不是创造。至于社会自觉，因为文艺想多尽些社会的责任，简直的就顾不得人物的创造，而力求罗列事实以揭发社会的黑暗与指导大家对改进社会的责任。社会是整个的，复杂的，从其中要整理出一件事的系统，找出此事的意义，并提出改革的意见，已属不易；作者当然顾不得注意人物，而且觉得个人的志愿与命运似乎太轻微，远不及社会革命的重大了。报告式的揭发可以算作文艺；努力于人物的创造反被视为个人主义的余孽了。

说到将来呢，人类显然的是朝着普遍的平均的发展走去；英雄主义在此刻已到了末一站，将来的历史中恐怕不是为英雄们预备的了。人类这样发展下去，必会有那么一天，各人有各人的工作，谁也不比谁高，谁也不比谁低，大家只是各尽所长，为全体的生存努力。到了这一天，志愿是没了用；人与人的冲突改为全人类对自然界的冲突。没争斗没戏剧，文艺大概就灭绝了。人物失去趣味，事情也用不着文艺来报告——电话电报电影等等不定发展到多么方便与巧妙呢。

我们既不能以过去的办法为金科玉律，而对将来的推测又如上述，那么对于小说中的人物似乎只好等着受淘汰，没有什么可说的了。这却又不尽然。第一，从现在到文艺灭绝的时期一定还有好多好多日子，我们似乎不必因此而马上搁笔。第二，现在的文艺虽然重事实而轻人物，但把人物的创造多留点意也并非是吃亏的事，假若我们现在对荷马与莎士比亚等的人物还感觉趣味，那也就足以证明人物的感诉力确是比事实还厚大一些。说真的，假若不是为荷马与莎士比亚等那些人物，谁肯还去读那些野蛮荒唐的事儿呢？第三，文艺是具体的表现。真想不出怎样可以没有人物而能具体的表现出！文艺所要揭发的事实必须是人的事实，《封神榜》虽很热闹，无论如何也比不上好汉被迫上梁山的亲切有味。再说呢，文艺去揭发事实，无非是为提醒我们，指导我们；我们是人，所以文艺也得用人来感动我们。单有葬花，而无黛玉；或有黛玉而她是“世运”的得奖的女运动员，都似乎不能感人。赞谀个人的伟大与成功，于今似觉落伍；但茫茫一片事实，而寂无人在，似乎也差点劲儿。

那么，老话当作新话来说，对人物的描写还可以说上几句。

描写人物最难的地方是使人物能立得起来。我们都知道利用职业、阶级、民族等特色，帮忙形成个特有的人格；可是，这些个东西并不一定能使人物活跃。反之，有的时候反因详细的介绍，而使人物更死板。我们应记住，要描写一个人必须知道此人的一切，但不要作相面式的全写在一处；我们须随时的用动作表现出他来。每一个动作中清楚的有力的表现出他一点来，他便越来越活泼，越实在。我们虽然详知他所代表的职业与地方等特色，可是我们仿佛更注意到他是个活人，并不专为代表一点什么而存在。这样，人物的感诉力才能深厚广大。比如说吧，对于一本俄国的名著，一个明白俄国情形的读者当然比一个还不晓得俄国在哪里的更能亲切的领略与欣赏。但是这本作品的伟大，并不在乎只供少数明白俄国情形的人欣赏，而是在乎它能使不明白俄国事的人也明白了俄国人也是人。再看《圣经》中那些出色的故事，和莎士比亚所借用的人物，差不多都不大管人物的背景，而也足以使千百年后的全人类受感动。反之，我们看 Anne Douglas Sedgwick[①] 的 *The Little French Girl*[②] 的描写法国女子与英国女子之不同；或 "Elizabeth"[③] 的 *Caravaners* 之以德人比较英人；或 Margaret

---

① 安妮·道格拉斯·塞奇威克（1873—1935），女，小说家，生于美国，长期居住在英法两国。1924年出版小说《法国小姑娘》。

② 《法国小姑娘》。

③ 即伊丽莎白·亚宁（1866—1941），女，英国作家。

Kennedy[①]的*The Constant Nymph*[②]之描写艺术家与普通人的差别；都是注意在揭发人物的某种特质。这些书都有相当的趣味与成功，但都够不上伟大。主旨既在表现人物的特色，于是人物便受他所要代表的那点东西的管辖。这样，人物与事实似乎由生命的中心移到生命的表面上去。这是揭发人的不同处，不是表现人类共同具有的欲望与理想；这是关于人的一些知识，不是人生中的根本问题。这种写法是想从枝节上了解人生，而忘了人类的可以共同奋斗的根源。这种写法假若对所描写的人没有深刻的了解，便很容易从社会上习俗上抓取一点特有的色彩去敷衍，而根本把人生忘掉。近年来西洋有许多描写中国人的小说，十之八九是要凭借一点知识来比较东西民族的不同；结果，中国人成为一种奇怪好笑的动物，好像不大是人似的。设若一个西洋写家忠诚的以描写人生的态度来描写中国人，即使背景上有些错误也不至于完全失败吧。

与此相反的，是不管风土人情，而写出一种超空间与时间的故事，只注意艺术的情调，不管现实的生活。这样的作品，在一个过着梦的生活的天才手里，的确也另有风

① 马格雷特·肯尼迪（1896—1967），女，英国作家。1926年与他人合作改编其小说为剧本《恒久的宁芙》。

② 《恒久的宁芙》。

味。可是它无论怎好，也缺乏着伟大真挚的感动力。至于才力不够，而专赖小小一些技巧，创制此等小玩意儿，就更无可观了。在浪漫派与唯美派的小说里，分明的是以散文侵入诗的领域。但是我们须认清，小说在近代之所以战胜了诗艺，不仅是在它能以散文表现诗境，而是在它根本足以补充诗的短处——小说能写诗所不能与不方便写的。Sir Walter Raleigh[①]说过："一个大小说家根本须是个幽默家，正如一个大罗曼司家根本必须是诗人。"这里所谓的幽默家，倒不必一定是写幽默文字的人，而是说他必洞悉世情，能捉住现实，成为文章。这里所谓的诗人，就是有幻想的，能于平凡的人世中建造起浪漫的空想的一个小世界。我们所应注意的是"大小说家"必须能捉住现实。

人物的职业阶级等之外，相貌自然是要描写的，这需要充分的观察，且须精妙的道出，如某人的下巴光如脚踵，或某人的脖子如一根鸡腿……这种形容是一句便够，马上使人物从纸上跳出，而永存于读者记忆中。反之，若拖泥带水的形容一大片，而所以形容的可以应用到许多人身上去，则费力不讨好。人物的外表要处，足以烘托出一个单

① 沃尔特·雷利爵士（1552？—1618），英国探险家、政治家、历史学家和诗人，代表作有《世界史》。

独的人格，不可泛泛的由帽子一直形容到鞋底；没有用的东西往往是人物的累赘：读者每因某项叙述而希冀一定的发展，设若只贪形容得周到，而一切并无用处，便使读者失望。我们不必一口气把一个人形容净尽，先有个大概，而后逐渐补充，使读者越来越知道得多些，如交友然，由生疏而亲密，倒觉有趣。也不必每逢介绍一人，力求有声有色，以便发生戏剧的效果，如大喝一声，闪出一员虎将……此等形容，虽刺激力大，可是在艺术上不如用一种浅淡的颜色，在此不十分明显的颜色中却包蕴着些能次第发展的人格与生命。

以言语，面貌，举动来烘托出人格，也不要过火的利用一点，如迭更司的次要人物全有一种固定的习惯与口头语——*Bleak House*[①]里的Bagnet[②]永远用军队中的言语说话，而且脊背永远挺得笔直，即许多例子中的一个。这容易流于浮浅，有时候还显着讨厌。这在迭更司手中还可原谅，因为他是幽默的写家，翻来覆去的利用一语或一动作都足以招笑；设若我们不是要得幽默的效果，便不宜用这个方

---

① 即狄更斯的长篇小说《荒凉山庄》。

② 译为巴克特。狄更斯在《荒凉山庄》中塑造的探长形象，该形象成为后来英国许多侦探小说探长形象的参考。

法。只凭一两句口头语或一二习惯作人物描写的主力，我们的人物便都有成为疯子的危险。我们应把此法扩大，使人物的一切都与职业的家庭的等等习惯相合；不过，这可就非有极深刻的了解与极细密的观察不可了。这个教训是要紧的：不冒险去写我们所不深知的人物！

还有个方法，与此不同，可也是偷手，似应避免：形容一男或一女，不指出固定的容貌来，而含糊其词的使读者去猜。比如描写一个女郎，便说：正在青春，健康的脸色，金黄的发丝，带出金发女子所有的活泼与热烈……这种写法和没写一样：到底她是什么样子呢？谁知道！

在短篇小说中，须用简净的手段，给人物一个精妥的固定不移的面貌体格。在长篇里宜先有个轮廓，而后顺手的以种种行动来使外貌活动起来；此种活动适足以揭显人格，随手点染，使个性充实。譬如已形容过二人的口是一大一小，一厚一薄，及至述说二人同桌吃饭，便宜利用此机会写出二人口的动作之不同。这样，二人的相貌再现于读者眼前，而且是活动的再现，能于此动作中表现出二人个性的不同。每个小的动作都能显露出个性的一部分，这是应该注意的。

景物，事实，动作，都须与人打成一片。无论形容什么，总把人放在里面，才能显出火炽。形容二人谈话，应顺手提到二人喝茶，及出汗——假若是在夏天。如此，则谈话而外，又用吃茶补充了二人的举动不同，且极自然的把天气写在里面。此种写法是十二分的用力，而恰好不露出用力的痕迹。

最足以帮忙揭显个性的恐怕是对话了。一个人有一个说话方法，一个人的话是随着他的思路而道出的。我们切不可因为有一段精彩的议论而整篇的放在人物口中，小说不是留声机片。我们须使人物自己说话。他的思路决不会像讲演稿子那么清楚有条理；我们须依着他心中的变动去写他的话语。言谈不但应合他的身分，且应合乎他当时的心态与环境。

以上的种种都是应用来以彰显人物的个性。有了个性，我们应随时给他机会与事实接触。人与事相遇，他才有用武之地。我们说一个人怎好或怎坏，不如给他一件事做做看。在应付事情的时节，我们不但能揭露他的个性，而且足以反映出人类的普遍性。每人都有一点特性，但在普遍的人情上大家是差不多的。当看一出悲剧的时候，大概大家都要受些感动，不过有的落泪，有的不落泪。那不落泪的未必不比别人受的感动更深。落泪与否是个性使然，而必受感动乃人之常情；怪人与傻子除外；自然我们不愿把人物都写成怪人与傻子。我们不要太着急，想一口气把人物作成顶合自己理想的；为我们的理想而牺牲了人情，是大不上算的事。比如说革命吧，青年们只要有点知识，有点血气，哪个甘于落后？可是，把一位革命青年写成一举一动全为革命，没有丝毫弱点，为革命而来，为革命而去，像一座雕像那么完美；好是好了，怎奈天下并没有这么完全的人！艺术的描写容许夸大，但把一个人写成天使一般，一点都看不出他是由猴子变来的，便过于骗人了。我们必须首先把个性建树起来，使人物立得牢稳；而后再设法使之在普遍人情中立得住。个性引起对此人的趣味，普遍性引起普遍的同情。哭有多种，笑也不同，应依个人的特性与情形而定如何哭，如何笑；但此特有的哭笑须在人类的哭笑圈内。用张王李赵去代表几个抽象的观念是写寓言的方法，小说则首应注意把他们写活了，每个人都有他自己的思想与感情，不是一些完全听人家调动的傀儡。

事实的运用*

小说中的人与事是相互为用的。人物领导着事实前进是偏重人格与心理的描写，事实操纵着人物是注重故事的惊奇与趣味。因灵感而设计，重人或重事，必先决定，以免忽此忽彼。中心既定，若以人物为主，须知人物之所思所作均由个人身世而决定；反之，以事实为主，须注意人心在事实下如何反应。前者使事实由人心辐射出，后者使事实压迫着个人。若是，故事才会是心灵与事实的循环运动。事实是死的，没有人在里面不会有生气。最怕事实层出不穷，而全无联络，没有中心。一些零乱的事实不能成为小说。

大概我们平常看事，总以为它们是平面的，看过去就

* 本文原载1936年12月16日《宇宙风》第二十九期。

算了，此乃读新闻纸的习惯与态度。欲作个小说家，须把事实看成有宽广厚的东西，如律师之辩护，要把犯人在作案时的一切情感与刺激都引为免罪或减罪的证据。一点风一点雨也是与人物有关系的，即使此风此雨不足帮助事实的发展，亦至少对人物的心感有关。事实无所谓好坏，我们应拿它作人格的试金石。没有事情，人格不能显明；说一人勇敢，须在放炸弹时试试他。抓住人物与事实相关的那点趣味与意义，即见人生的哲理。在平凡的事中看出意义，是最要紧的。把事实只当作事实看，那么见了妓女便只见了争风吃醋，或虚情假意，如蝴蝶鸳鸯派作品中所报告者。由妓女的虚情假意而看到社会的罪恶，便深进了一层；妓女的狡猾应由整个社会负责任，这便有了些意义。事实的新奇要在其次，第一须看出个中的深义。

我们若能这样看事实并找事实，就不怕事实不集中，因为我们已捉到事实的真义，自然会去合适的裁剪或补充。我们也不怕事实虚空了，因为这些事实有人在其中。不集中与空虚是两大弊病，必须避免。

小说，我们要记住了，是感情的记录，不是事实的重述。我们应先看出事实中的真意义，这是我们所要传达的思想；而后，把在此意义下的人与事都赋予一些感情，使事实成为爱，恶，仇恨，等等的结果或引导物；小说中的思想是要带着感情说出的。“快乐”，巴尔扎克说，“是没有历史的，‘他们很快乐’一语是爱情小说的收结。”

在古代与中古的故事里，对于感情的表现是比较微弱的，设若Henry James[①]的作品而放在古人们手里，也许只用“过了十年”一语便都包括了；他的作品总是在特别的一点感情下看一些小事实，不厌其细琐与平凡，只要写出由某件事所激起的感情如何。康拉德的小说中有许多新奇的事实，但是他决不为新奇而表现它们，他是要述说由事实所引起的感情，所以那些事实不只新奇，也使人感到亲切有趣。小说，十之八九，是到了后半便松懈了。为什么？多半是因为事实已不能再是感情的刺激与产物。一旦失去这个，故事便失去活跃的力量，而露出勉强堆砌的痕迹来。一下笔时不十分用力，以便有余力贯彻全体，不过是消极的办法；设若始终拿事实为感情起落的刺激物，便不怕有松懈的毛病了。康拉德之所以能忽前忽后的述说，就是因为他先决定好了所要传达的感情为何，故事的秩序虽颠倒杂陈亦不显着混乱了。

所谓事实发展的关键，逗宕与顶点者，便是感情的冲

---

① 即亨利·詹姆斯（1843—1916），美国作家，代表作有长篇小说《一个美国人》《一位女士的画像》《鸽翼》《使节》《金碗》等。

突，波浪与结束。这是个自然的步骤。假若我们没有深厚的感情，而空泛的逗宕，适足以惹人讨厌，如八股文之起承转合然。

Arlo Bates[1]说：

> 我不相信小说构成的死规则。工作的方法必随个人的性情而异。我自己的办法据我看是最逻辑的，可是我知道这是每一写家自决的问题。以我自己说，我以为小说的大体有定好的必要，而且在未动手之前就知道结局是更要紧的。

这段话使我们放胆去运用事实。实事是事实，是死的，怎样运用它是我们自己的事。Arnold Bennett[2]在巴黎的一个饭馆里，看见一老妇，她的举止非常的可笑。他就设想她曾经有过美好的青春，由少艾而肥老，其间经过许多细小的不停的变化。于是他便决定写那《老妇们的故事》[3]。

---

① 即阿洛·贝茨（1850—1918），美国作家，曾任麻省理工学院英语文学教授。

② 阿诺德·贝内特（1867—1931），英国现实主义文学的代表作家。著有小说《五镇的安娜》《老妇人的故事》《克莱汉格》三部曲等。

③ 阿诺德·贝内特的代表作，又译《老妇人的故事》。

但这本书当开始动笔的时候，主角可已不是那个老妇，因为她太老了，不足以惹起同情。杜思妥益夫斯基[①]的《罪与罚》是根据他自己的经验，但把故事放在都市里，因为都市生活的不安与犯罪空气的浓厚，更适宜于此题旨的表现。这样看，我们得到事实是随时的事，我们用什么事实是判断了许多事实之后的结果。真人真事不过是个起点，是个跳板。我们不仗着事实本身的好坏，而是仗着我们怎样去判断事实。这就是说，小说一开首的某件事实，已经是我们判断过的；在小说中，大家所见到的是事实的逐渐的发展，其实在作者心中，小说中的第一件事与第末一件事同样是预先决定好了的。自然，谁也不会把一部小说的每一段都预先想好，只等动笔一写，像填表格似的，不会。写出来才是作品，想得怎样高明不算一回事。但是，我们确能在写第一件事的时候，已经预备好末一件事，而且并不很难，因为即使我们不准知道那件是什么事，我们总会知道那是件什么样的事——我们所要传达的与激起的情绪是什么便替我们决定，替我们判断，所需要的是什么事。明乎此，在下笔的时候便能准确；我们要的是“怒”，便不会

① 今译陀思妥耶夫斯基（1821—1881），俄国作家，代表作有长篇小说《被侮辱与被损害的》《罪与罚》《白痴》《群魔》《卡拉马佐夫兄弟》。

上手就去打哈哈。及至写完了，想改正，我们也知道了怎去改正——加强我们所要激起的感情，删削那阻碍或破坏此种情绪的激发的。

由事实中求得意义，予以解释，而后把此意义与解释在情绪的激动下写出来；这样，我们才敢以事实为生材料，不论是极平凡的，还是极惊奇的，都有经过锻炼的必要。我们最怕教事实给管束住：看见或听见一件奇事，我们想这必是好材料，而愿把它写出来。这有两个危险，第一是写了一堆东西，而毫无意义；第二是只顾了写事而忘记了去创造人。反之，我们知道材料是需要我们去锻炼炮制的，我们才敢大胆的自由的去运用它们，使它们成为我们手中的东西。小说中的事实所以能使人感到艺术的味道就是因为每一事实所给的效果与感力都是整个作品所要给的效果与感力的一部分，仿佛每一件事都是完全由作者调动好了的，什么事在他手下都能活动起来。硬插入一段事实，不管它本身是多么有趣，必定妨碍全体的整美。平匀是最不易做到的。要平匀，我们必须依着所要激动的情绪制造出一种空气，把一切材料都包围起来。我们所要的是“怒”，那么便可以利用声音、光线、味道，种种去包围那些材料，使它们都在这种声音、光线、味道中有了活力，有了作用，有了感力。这样，我们才能使作品各部分平匀的供给刺激，全体像一气呵成的，在最后达到“怒”的高潮。所谓小说中的逗宕便是在物质上为逻辑的排列，在精神上是情绪的盘旋回荡。小说是些图画，都用感情联串起来。图画的鲜明或暗淡，或一明一暗，都凭所要激起的情感而决定。千峰万壑，色彩各异，有明有暗，有远有近，有高有低，但是在秋天，它们便都有秋的景色，连花草也是秋花秋草。小说的事实如千峰万壑，其中主要的感情便是季节的景色。

但是，我们千万莫取巧，去用小巧的手段引起虚浮的感情。电影片中每每用雷声闪光引起恐怖，可是我们并不受多少感动，而有时反觉得可笑可厌。暗示是个好方法，它能调剂写法，使不至处处都有强烈的描画，通体只有色而无影。它也能使描写显着细腻，比直接述说还更有力。一个小孩，当故意恐吓人的时候，也会想到一种比直陈事实更有力的方法——不说出什么事，而给一点暗示。他不说屋中有鬼，而说有两只红眼睛。小说中的暗示，给人一些希冀，使人动心。说屋中有些血迹，比直说那里杀了人更多些声势；说某人的衣服上有油污，比直说他不干净强。暗示既使人希冀，又使人与作者共同去猜想，分担了些故事发展的预测。但是这不可用得过火了，虚张声势而使读者受骗是不应该的。

言语与风格*

小说是用散文写的，所以应当力求自然。诗中的装饰用在散文里不一定有好结果，因为诗中的文字和思想同是创造的，而散文的责任则在运用现成的言语把意思正确的传达出来。诗中的言语也是创造的，有时候把一个字放在那里，并无多少意思，而有些说不出来的美妙。散文不能这样，也不必这样。自然，假若我们高兴的话，我们很可以把小说中的每一段都写成一首散文诗。但是，文字之美不是小说的唯一的责任。专在修辞上讨好，有时倒误了正事。本此理，我们来讨论下面的几点：

---

* 本文原载1936年12月16日《宇宙风》第三十一期。收入评论集《老牛破车》。

（一）用字：佛罗贝[①]说，每个字只有一个恰当的形容词。这在一方面是说选字须极谨慎，在另一方面似乎是说散文不能像诗中那样创造言语，所以我们须去找到那最自然最恰当最现成的字。在小说中，我们可以这样说，用字与其俏皮，不如正确；与其正确，不如生动。小说是要绘色绘声的写出来，故必须生动。借用一些诗中的装饰，适足以显出小气呆死，如蒙旦所言："在衣冠上，如以一些特别的，异常的，式样以自别，是小气的表示。言语也如是，假若出于一种学究的或儿气的志愿而专去找那新词与奇字。"青年人穿戴起古代衣冠，适见其丑。我们应以佛罗贝的话当作找字的应有的努力，而以蒙旦的话为原则——努力去找现成的活字。在活字中求变化，求生动，文字自会活跃。

（二）比喻：约翰孙博士说："司微夫特这个家伙永远不随便用个比喻。"这是句赞美的话。散文要清楚利落的叙述，不仗着多少"我好比"叫好。比喻在诗中是很重要的，但在散文中用得过多便失了叙述的力量与自然。看《红楼

① 今译福楼拜（1821—1880），法国著名作家，代表作有长篇小说《包法利夫人》《情感教育》《圣安东尼的诱惑》等。被认为是西方现代小说的奠基者。

梦》中描写黛玉："两湾似蹙非蹙笼烟眉，一双似喜非喜含情目。态生两靥之愁。娇袭一身之病。泪光点点。娇喘微微。闲静时如娇花照水，行动处似弱柳扶风。心较比干多一窍，病如西子胜三分。"这段形容犯了两个毛病：第一是用诗语破坏了描写的能力；念起来确有诗意，但是到底有肯定的描写没有？在诗中，像"泪光点点"，与"闲静时如娇花照水"一路的句子是有效力的，因为诗中可以抽出一时间的印象为长时间的形容：有的时候她泪光点点，便可以用之来表现她一生的状态。在小说中，这种办法似欠妥当，因为我们要真实的表现，便非从一个人的各方面与各种情态下表现不可。她没有不泪光点点的时候么？她没有闹气而不闲静的时候么？第二，这一段全是修辞，未能由现成的言语中找出恰能形容出黛玉的字来。一个字只有一个形容词，我们应再给补充上：找不到这个形容词便不用也好。假若不适当的形容词应当省去，比喻就更不用说了。没有比一个精到的比喻更能给予深刻的印象的，也没有比一个可有可无的比喻更累赘的。我们不要去费力而不讨好。

比喻由表现的能力上说，可以分为表露的与装饰的。散文中宜用表露的——用个具体的比方，或者说得能更明白一些。庄子最善用这个方法，像庖丁以解牛喻见道便是一例，把抽象的哲理作成具体的比拟，深入浅出的把道理讲明。小说原是以具体的事实表现一些哲理，这自然是应有的手段。凡是可以拿事实或行动表现出的，便不宜整本大套的去讲道说教。至于装饰的比喻，在小说中是可以免去便免去的。散文并不能因为有些诗的装饰便有诗意。能直写，便直写，不必用比喻。比喻是不得已的办法。不错，比喻能把印象扩大增深，用两样东西的力量来揭发一件东西的形态或性质，使读者心中多了一些图像：人的闲静如娇花照水，我们心中便于人之外，又加了池畔娇花的一个可爱的景色。但是，真正有描写能力的不完全靠着这个，他能找到很好的比喻，也能直接的捉到事物的精髓，一语道破，不假装饰。比如说形容一个癞蛤蟆，而说它“谦卑的工作着”，便道尽了它的生活姿态，很足以使我们落下泪来：一个益虫，只因面貌丑陋，总被人看不起。这个，用不着什么比喻，更用不着装饰。我们本可以用勤苦的丑妇来形容它，但是用不着；这种直写法比什么也来得大方，有力量。至于说它丑若无盐，毫无曲线美，就更用不着了。

（三）句：短句足以表现迅速的动作，长句则善表现缠绵的情调。那最短的以一二字作成的句子足以助成戏剧的效果。自然，独立的一语有时不足以传达一完整的意念，但此一语的构成与所欲给予的效果是完全的，造句时应注意此点；设若句子的构造不能独守，即是失败。以律动言，没有单句的音节不响而能使全段的律动美好的。每句应有它独立的价值，为造句的第一步。及至写成一段，当看那全段的律动如何，而增减各句的长短。说一件动作多而急速的事，句子必须多半短悍，一句完成一个动作，而后才能见出继续不断而又变化多端的情形。试看《水浒传》里的“血溅鸳鸯楼”：

> 武松道：“一不作，二不休！杀了一百个也只一死！”提了刀，下楼来。夫人问道：“楼上怎地大惊小怪？”武松抢到房前。夫人见条大汉入来，兀自问道：“是谁？”武松的刀早飞起，劈面门剁着，倒在房前声唤。武松按住，将去割头时，刀切不入。武松心疑，就月光下看那刀时，已自都砍缺了。武松道：“可知割不下头来！”便抽身去厨房下拿取朴刀。丢了缺刀。翻身再入楼下来……

这一段有多少动作？动作与动作之间相隔多少时间？设若都用长句，怎能表现得这样急速火炽呢！短句的效用如是，长句的效用自会想得出的。造句和选字一样，不是依着它们的本身的好坏定去取，而是应当就着所要表现的动作去决定。在一般的叙述中，长短相间总是有意思的，因它们足以使音节有变化，且使读者有缓一缓气的地方。短句太多，设无相当的事实与动作，便嫌紧促；长句太多，无论是说什么，总使人的注意力太吃苦，而且声调也缺乏抑扬之致。

在我们的言语中，既没有关系代名词，自然很难造出平匀美好的复句来。我们须记住这个，否则一味的把有关系代名词的短句全变成很长很长的形容词，一句中不知有多少个“的”，使人没法读下去了。在作翻译的时候，或者不得不如此；创作既是要尽量的发挥本国语言之美，便不应借用外国句法而把文字弄得不自然了。“自然”是最要紧的。写出来而不能读的便是不自然。打算要自然，第一要维持言语本来的美点，不作无谓的革新；第二不要多说废话及用套话，这是不作无聊的装饰。

写完几句，高声的读一遍，是最有益处的事。

（四）节段：一节是一句的扩大。在散文中，有时非一气读下七八句去不能得个清楚的观念。分节的功用，那么，就是在叙述程序中指明思路的变化。思想设若能有形体，节段便是那个形体。分段清楚、合适，对于思想的明晰是大有帮助的。

在小说里，分节是比较容易的，因为既是叙述事实与行动，事实与行动本身便有起落首尾。难处是在一节的律动能否帮助这一段事实与行动，恰当的，生动的，使文字与所叙述的相得益彰，如有声电影中的配乐。严重的一段事实，而用了轻飘的一段文字，便是失败。一段文字的律动音节是能代事实道出感情的，如音乐然。

（五）对话：对话是小说中最自然的部分。在描写风景人物时，我们还可以有时候用些生字或造些复杂的句子；对话用不着这些。对话必须用日常生活中的言语；这是个怎样说的问题，要把顶平凡的话调动得生动有力。我们应当与小说中的人物十分熟识，要说什么必与时机相合，怎样说必与人格相合。顶聪明的句子用在不适当的时节，或出于不相合的人物口中，便是作者自己说话。顶普通的句子用在合适的地方，便足以显露出人格来。什么人说什么话，什么时候说什么话，是最应注意的。老看着你的人物，记住他们的性格，好使他们有他们自己的话。学生说学生的话，先生说先生的话，什么样的学生与先生又说什么样的话。看着他的环境与动作，他在哪里和干些什么，好使他在某时某地说什么。对话是小说中许多图像的联接物，不是演说。对话不只是小说中应有这么一项而已，而是要在谈话里发出文学的效果；不仅要过得去，还要真实，对典型真实，对个人真实。

一般的说，对话须简短。一个人滔滔不绝的说，总缺乏戏剧的力量。即使非长篇大论的独唱不可，亦须以说话的神气，手势，及听者的神色等来调剂，使不至冗长沉闷。一个人说话，即使是很长，另一人时时插话或发问，也足以使人感到真像听着二人谈话，不至于像听留声机片。答话不必一定直答所问，或旁引，或反诘，都能使谈话略有变化。心中有事的人往往所答非所问，急于道出自己的忧虑，或不及说完一语而为感情所阻断。总之，对话须力求像日常谈话，于谈话中露出感情，不可一问一答，平板如文明戏的对口。

善于运用对话的，能将不必要的事在谈话中附带说出，不必另行叙述。这样往往比另作详细陈述更有力量，而且经济。形容一段事，能一半叙述，一半用对话说出，就显着有变化。譬若甲托乙去办一件事，乙办了之后，来对甲报告，反比另写乙办事的经过较为有力。事情由口中说出，能给事实一些强烈的感情与色彩。能利用这个，则可以免去许多无意味的描写，而且老教谈话有事实上的根据——要不说空话，必须使事实成为对话资料的一部分。

风格：风格是什么？暂且不提。小说当具怎样的风格？也很难规定。我们只提出几点，作为一般的参考：

（一）无论说什么，必须真诚，不许为炫弄学问而说。

典故与学识往往是文字的累赘。

（二）晦涩是致命伤，小说的文字须于清浅中取得描写的力量。Meredith[①]每每写出使人难解的句子，虽然他的天才在别的方面足以补救这个毛病，但究竟不是最好的办法。

（三）风格不是由字句的堆砌而来的，它是心灵的音乐。叔本华说："形容词是名词的仇敌。"是的，好的文字是由心中炼制出来的；多用些泛泛的形容字或生僻字去敷衍，不会有美好的风格。

（四）风格的有无是绝对的，所以不应去摹仿别人。风格与其说是文字的特异，还不如说是思想的力量。思想清楚，才能有清楚的文字。逐字逐句的去摹写，只学了文字，而没有思想作基础，当然不会讨好。先求清楚，想得周密，写得明白；能清楚而天才不足以创出特异的风格，仍不失为清楚；不能清楚，便一切无望。

---

① 梅瑞狄斯（1828—1909），英国作家，代表作有小说《利己主义者》等。

怎样写小说*

小说并没有一定的写法。我的话至多不过是供参考而已。

大多数的小说里都有一个故事，所以我们想要写小说，似乎也该先找个故事。找什么样子的故事呢？从我们读过的小说来看，什么故事都可以用。恋爱的故事，冒险的故事固然可以利用，就是说鬼说狐也可以。故事多得很，我们无须发愁。不过，在说鬼狐的故事里，自古至今都是把鬼狐处理得像活人；即使专以恐怖为目的，作者所想要恐吓的也还是人。假若有人写一本书，专说狐的生长与习惯，而与人无关，那便成为狐的研究报告，而成不了说狐的故事了。由此可见，小说是人类对自己的关心，是人类社会的自觉，是人类生活经验的记录。那么，当我们选择故事

---

* 本文原载1941年8月15日《文史杂志》第一卷第八期。

的时候，就应当估计这故事在人生上有什么价值，有什么启示；也就很显然的应把说鬼说狐先放在一边——即使要利用鬼狐，发为寓言，也须晓得寓言与现实是很难得谐调的，不如由正面去写人生才更恳切动人。

依着上述的原则去选择故事，我们应该选择复杂惊奇的故事呢，还是简单平凡的呢？据我看，应当先选取简单平凡的。故事简单，人物自然不会很多，把一两个人物写好，当然是比写二三十个人而没有一个成功的强得多了。写一篇小说，假如写者不善描写风景，就满可以不写风景，不长于写对话，就满可以少写对话；可是人物是必不可缺少的，没有人便没有事，也就没有了小说。创造人物是小说家的第一项任务。把一件复杂热闹的事写得很清楚，而没有创造出人来，那至多也不过是一篇优秀的报告，并不能成为小说。因此，我说，应当先写简单的故事，好多注意到人物的创造。试看，世界上要属英国狄更司的小说的穿插最复杂了吧，可是有谁读过之后能记得那些钩心斗角的故事呢？狄更司到今天还有很多的读者，还被推崇为伟大的作家，难道是因为他的故事复杂吗？不！他创造出许多的人哪！他的人物正如同我们的李逵、武松、黛玉、宝钗，都成为永远不朽的了。注意到人物的创造是件最上算的事。

为什么要选取平凡的故事呢？故事的惊奇是一种炫弄，往往使人专注意故事本身的刺激性，而忽略了故事与人生有何关系。这样的故事在一时也许很好玩，可是过一会儿便索然无味了。试看，在英美一年要出多少本侦探小说，哪一本里没有个惊心动魄的故事呢？可是有几本这样的小说成为真正的文艺作品呢？这种惊心动魄是大锣大鼓的刺激，而不是使人三月不知肉味的感动。小说是要感动，不要虚浮的刺激。因此，第一，故事的惊奇，不如人与事的亲切；第二，故事的出奇，不如有深长的意味。假若我们能由一件平凡的故事中，看出它特有的意义，则人同此心，心同此理，它便具有很大的感动力，能引起普遍的同情心。小说是对人生的解释，只有这解释才能使小说成为社会的指导者。也只有这解释才能把小说从低级趣味中解救出来。所谓《黑幕大观》一类的东西，其目的只在揭发丑恶，而并没有抓住丑恶的成因，虽能使读者快意一时，但未必不发生世事原来如此，大可一笑置之的犬儒态度。更要不得的是那类嫖经赌术的东西，作者只在嫖赌中有些经验，并没有从这些经验中去追求更深的意义，所以他们的文字只导淫劝赌，而绝对不会使人崇高。所以我说，我们应先选取平凡的故事，因为这足以使我们对事事注意，而养成对事事都探求其隐藏着的真理的习惯。有了这个习惯，我们既可以不愁没有东西好写，而且可以免除了低级趣味。客观事实只是事实，其本身并不就是小说，详密的观察了那些事实，而后加以主观的判断，才是我们对人生的解释，才是我们对社会的指导，才是小说。对复杂与惊奇的故事应取保留的态度，假若我们在复杂之中找不出必然的一贯的道理，于惊奇中找不出近情合理的解释，我们最好不要动手，因为一存以热闹惊奇见胜的心，我们的趣味便落入低级了。再说，就是老手名家也往往吃亏在故事的穿插太乱、人物太多；即使部分上有极成功的地方，可是全体的不匀调，顾此失彼，还是劳而无功。

在前面，我说写小说应先选择个故事。这也许小小的有点语病，因为在事实上，我们写小说的动机，有时候不是源于有个故事，而是有一个或几个人。我们倘然遇到一个有趣的人，很可能的便想以此人为主而写一篇小说。不过，不论是先有故事，还是先有人物，人与事总是分不开的。世界上大概很少没有人的事，和没有事的人。我们一想到故事，恐怕也就想到了人，同样的，一想到人，也就想到了事。我看，问题倒似乎不在于人与事来到的先后，而在于怎样以事配人，和以人配事。换句话说，人与事都不过是我们的参考资料，须由我们调动运用之后才成为小说。比方说，我们今天听到了一个故事，其中的主人翁是一个青年人。可是经我们考虑过后，我们觉得设若主人翁是个老年人，或者就能给这故事以更大的感动力；那么，我们就不妨替它改动一番。以此类推，我们可以任意改变故事或人物的一切。这就仿佛是说，那足以引起我们注意，以至想去写小说的故事或人物，不过是我们主要的参考材料。有了这点参考之后，我们须把毕生的经验都拿出来作为参考，千方百计的来使那主要的参考丰富起来，像培植一粒种子似的，我们要把水分、温度、阳光……都极细心的调处得适当，使它发芽，长叶开花。总而言之，我们须以艺术家自居，一切的资料是由我们支配的；我们要写的东西不是报告，而是艺术品——艺术品是用我们整个的生命、生活写出来的，不是随便的给某事某物照了个四寸或八寸的相片。我们的责任是在创作：假借一件事或一个人所要传达的思想，所要发生的情感与情调，都由我们自己决定，自己执行，自己做到。我们并不是任何事任何人的奴隶，而是一切的主人。

遇到一个故事，我们须亲自在那件事里旅行一次不要急着忙着的去写。旅行过了，我们就能发现它有许多不圆满的地方，须由我们补充。同时，我们也感觉到其中有许多事情是我们不熟悉或不知道的。我们要述说一个英雄，却未必不教英雄的一把手枪给难住。那就该赶紧去设法明白手枪，别无办法。一个小说家是人生经验的百货店，货越充实，生意才越兴旺。

旅行之后，看出哪里该添补，哪里该去打听，我们还要再进一步，去认真的扮作故事中的人，设身处地的去想象每个人的一切。是的，我们所要写的也许是短短的一段事实。但是假若我们不能详知一切，我们要写的这一段便不能真切生动。在我们心中，已经替某人说过一千句话了，或者落笔时才能正确地用他的一句话代表出他来。有了极丰富的资料，深刻的认识，才能说到剪裁。我们知道十分，才能写出相当好的一分。小说是酒精，不是掺了水的酒。大至历史、民族、社会、文化，小至职业、相貌、习惯，都须想过，我们对一个人的描画才能简单而精确地写出，我们写的事必然是我们要写的人所能担负得起的，我们要写的人正是我们要写的事的必然的当事人。这样，我们的小说才能皮裹着肉，肉撑着皮，自然的相联，看不出虚构的痕迹。小说要完美如一朵鲜花，不要像二黄行头戏里的“富贵衣”。

对于说话、风景，也都是如此。小说中人物的话语要一方面负着故事发展的责任，另一方面也是人格的表现——某个人遇到某种事必说某种话。这样，我们不必要什么惊奇的言语，而自然能动人。因为故事中的对话是本着我们自己的及我们对人的精密观察的，再加上我们对这故事中人物的多方面想象的结晶。我们替他说一句话，正像社会上某种人遇到某种事必然说的那一句。这样的一句话，有时候是极平凡的，而永远是动人的。

我们写风景也并不是专为了美，而是为加重故事的情调，风景是故事的衣装，正好似寡妇穿青衣，少女穿红裤，我们的风景要与故事人物相配备——使悲欢离合各得其动心的场所。小说中一草一木一虫一鸟都须有它的存在的意义。一个迷信神鬼的人，听了一声鸦啼，便要不快。一个多感的人看见一片落叶，便要落泪。明乎此，我们才能随时随地的搜取材料，准备应用。当描写的时候，才能大至人生的意义，小至一虫一蝶，随手拾来，皆成妙趣。

以上所言，系对小说中故事、人物、风景等作个笼统的报告，以时间的限制不能分项详陈。设若有人问我，照你所讲，小说似乎很难写了？我要回答也许不是件极难的事，但是总不大容易吧！

我怎样写《骆驼祥子》*

从何月何日起，我开始写《骆驼祥子》？已经想不起来了。我的抗战前的日记已随同我的书籍全在济南失落，此事恐永无对证矣。

这本书和我的写作生活有很重要的关系。在写它以前，我总是以教书为正职，写作为副业，从《老张的哲学》起到《牛天赐传》止，一直是如此。这就是说，在学校开课的时候，我便专心教书，等到学校放寒暑假，我才从事写作。我不甚满意这个办法。因为它使我既不能专心一志的写作，而又终年无一日休息，有损于健康。在我从国外回到北平的时候，我已经有了去作职业写家的心意；经好友们的谆谆劝告，我才就了齐鲁大学的教职。在齐大辞职后，

---

* 本文原载1941年8月15日《文史杂志》第一卷第八期。

我跑到上海去，主要的目的是在看看有没有作职业写家的可能。那时候，正是“一·二八”以后，书业不景气，文艺刊物很少，沪上的朋友告诉我不要冒险。于是，我就接了山东大学的聘书。我不喜欢教书，一来是我没有渊博的学识，时时感到不安；二来是即使我能胜任，教书也不能给我像写作那样的愉快。为了一家子的生活，我不敢独断独行的丢掉了月间可靠的收入，可是我的心里一时一刻也没忘掉尝一尝职业写家的滋味。

事有凑巧，在山大教过两年书之后，学校闹了风潮，我便随着许多位同事辞了职。这回，我既不想到上海去看看风向，也没同任何人商议，便决定在青岛住下去，专凭写作的收入过日子。这是“七七”抗战的前一年。《骆驼祥子》是我作职业写家的第一炮。这一炮要放响了，我就可以放胆的作下去，每年预计着可以写出两部长篇小说来。不幸这一炮若是不过火，我便只好再去教书，也许因为扫兴而完全放弃了写作。所以我说，这本书和我的写作生活有很重要的关系。

记得是在一九三六年春天吧，山大的一位朋友跟我闲谈，随便的谈到他在北平时曾用过一个车夫。这个车夫自己买了车，又卖掉，如此三起三落，到末了还是受穷。听了这几句简单的叙述，我当时就说：“这颇可以写一篇小说。”紧跟着，朋友又说：有一个车夫被军队抓了去，哪知道，转祸为福，他乘着军队移动之际，偷偷的牵回三匹骆驼回来。

这两个车夫都姓什么？哪里的人？我都没问过。我只记住了车夫与骆驼。这便是骆驼祥子的故事的核心。

从春到夏，我心里老在盘算，怎样把那一点简单的故事扩大，成为一篇十多万字的小说。

不管用得着与否，我首先向齐铁恨先生打听骆驼的生活习惯。齐先生生长在北平的西山，山下有许多家养骆驼的。得到他的回信，我看出来，我须以车夫为主，骆驼不过是一点陪衬，因为假若以骆驼为主，恐怕我就须到“口外”去一趟，看看草原与骆驼的情景了。若以车夫为主呢，我就无须到口外去，而随时随处可以观察。这样，我便把骆驼与祥子结合到一处，而骆驼只负引出祥子的责任。

怎么写祥子呢？我先细想车夫有多少种，好给他一个确定的地位。把他的地位确定了，我便可以把其余的各种车夫顺手儿叙述出来；以他为主，以他们为宾，既有中心人物，又有他的社会环境，他就可以活起来了。换言之，我的眼一时一刻也不离开祥子；写别的人正可以烘托他。

车夫们而外，我又去想，祥子应该租赁哪一车主的车，和拉过什么样的人。这样，我便把他的车夫社会扩大了，而把比他的地位高的人也能介绍进来。可是，这些比他高的人物，也还是因祥子而存在故事里，我决定不许任何人夺去祥子的主角地位。

有了人，事情是不难想到的。人既以祥子为主，事情当然也以拉车为主。只要我教一切的人都和车发生关系，我便能把祥子拴住，像把小羊拴在草地上的柳树下那样。

可是，人与人，事与事，虽以车为联系，我还感觉着不易写出车夫的全部生活来。于是，我还再去想：刮风天，车夫怎样？下雨天，车夫怎样？假若我能把这些细琐的遭遇写出来，我的主角便必定能成为一个最真确的人，不但吃的苦，喝的苦，连一阵风，一场雨，也给他的神经以无情的苦刑。

由这里，我又想到，一个车夫也应当和别人一样的有那些吃喝而外的问题。他也必定有志愿，有性欲，有家庭和儿女。对这些问题，他怎样解决呢？他是否能解决呢？这样一想，我所听来的简单的故事便马上变成了一个社会那么大。我所要观察的不仅是车夫的一点点的浮现在衣冠上的、表现在言语与姿态上的那些小事情了，而是要由车夫的内心状态观察到地狱究竟是什么样子。车夫的外表上的一切，都必有生活与生命上的根据。我必须找到这个根源，才能写出个劳苦社会。

由一九三六年春天到夏天，我入了迷似的去搜集材料，把祥子的生活与相貌变换过不知多少次——材料变了，人也就随着变。

到了夏天，我辞去了山大的教职，开始把祥子写在纸上。因为酝酿的时期相当的长，搜集的材料相当的多，拿起笔来的时候我并没感到多少阻碍。一九三七年一月，《祥子》开始在《宇宙风》上出现，作为长篇连载。当发表第一段的时候，全部还没有写完，可是通篇的故事与字数已大概的有了准谱儿，不会有很大的出入。假若没有这个把握，我是不敢一边写一边发表的。刚刚入夏，我将它写完，共二十四段，恰合《宇宙风》每月要两段，连载一年之用。

当我刚刚把它写完的时候，我就告诉了《宇宙风》的编辑：这是一本最使我自己满意的作品。后来，刊印单行本的时候，书店即以此语嵌入广告中。它使我满意的地方大概是：（一）故事在我心中酝酿得相当的长久，收集的材料也相当的多，所以一落笔便准确，不蔓不枝，没有什么敷衍的地方。（二）我开始专以写作为业，一天到晚心中老想着写作这一回事，所以虽然每天落在纸上的不过是一二千字，可是在我放下笔的时候，心中并没有休息，依然是在思索；思索的时候长，笔尖上便能滴出血与泪来。（三）在这故事刚一开头的时候，我就决定抛开幽默而正正经经地去写。在往常，每逢遇到可以幽默一下的机会，我就必抓住它不放手。有时候，事情本没什么可笑之处，我也要运用俏皮的言语，勉强的使它带上点幽默味道。这，往好里说，足以使文字活泼有趣；往坏里说，就往往招人讨厌。《祥子》里没有这个毛病。即使它还未能完全排除幽默，可是它的幽默是出自事实本身的可笑，而不是由文字里硬挤出来的。这一决定，使我的作风略有改变，教我知道了只要材料丰富，心中有话可说，就不必一定非幽默不足叫好。（四）既决定了不利用幽默，也就自然的决定了文字要极平易，澄清如无波的湖水。因为要求平易，我就注意到如何在平易中而不死板。恰好，在这时候，好友顾石君先生供给了我许多北平口语中的字和词。在平日，我总以为这些词汇是有音无字的，所以往往因写不出而割爱。现在，有了顾先生的帮助，我的笔下就丰富了许多，而可以从容调动口语，给平易的文字添上些亲切、新鲜、恰当、活泼的味儿。因此，《祥子》可以朗诵。它的言语是活的。

《祥子》自然也有许多缺点。使我自己最不满意的是收尾收得太慌了一点。因为连载的关系，我必须整整齐齐的写成二十四段；事实上，我应当多写两三段才能从容不迫的刹住。这，可是没法补救了，因为我对已发表过的作品是不愿再加修改的。

《祥子》的运气不算很好：在《宇宙风》上登刊到一半就遇上“七七”抗战。《宇宙风》何时在沪停刊，我不知道；所以我也不知道，《祥子》全部登完过没有。后来，《宇宙风》社迁到广州，首先把《祥子》印成单行本。可是，据说刚刚印好，广州就沦陷了，《祥子》便落在敌人的手中。《宇宙风》又迁到桂林，《祥子》也又得到出版的机会，但因邮递不便，在渝蓉各地就很少见到它。后来，文化生活出版社把纸型买过来，它才在大后方稍稍活动开。

近来，《祥子》好像转了运，据友人报告，它已被译成俄文、日文与英文。

人物不打折扣*

常有人问：有了一个很不错的故事，为什么写不好或写不出人物?

据我看，毛病恐怕是在只知道人物在这一故事里做了什么，而不知道他在这故事外还做了什么。这就是说，我们只知道了一件事，而对其中的人物并没有深刻的全面的了解，因而也就无从创造出有骨有肉的人物来。

不论是中篇或短篇小说，还是一出独幕剧或多幕剧，总要有个故事。人物出现在这个故事里。因为篇幅有限，故事当然不能很长，也不能很复杂。于是，出现在故事里的人物，只能够做某一些事，不会很多。这一些事只是人物生活中的一片段，不是他的全部生活。描写全部生活须

---

* 本文原载1961年《新港》三月号，收入《小花朵集》。

写很长的长篇小说。这样，只仗着一个不很长的故事而要表现出一个或几个生龙活虎般的人物来，的确是不很容易。

怎么办呢？须从人物身上打主意。我们得到了一个故事，就要马上问问自己：对其中的人物熟悉不熟悉呢？假若很熟悉，那就可能写出人物来。假若全无所知，那就一定写不出人物来。

在一篇短篇小说里或一篇短剧里，没法子装下一个很复杂的故事。人物只能做有限的事，说有限的话。为什么做那点事、说那点话呢？怎样做那点事、说那点话呢？这可就涉及人物的全部生活了。只有我们熟悉人物的全部生活，我们才能够形象地、生动地、恰如其分地写出人物在这个小故事里做了什么和怎么做的，说了什么和怎么说的。通过这一件事，我们表现出一个或几个形象完整的人物来。只有这样的人物才会做出这样的一点事，说出这样的一点话。我们必须去深刻地了解人。知道他的十件事，而只写一件事，容易成功。只知道一件，就写一件，很难写出人物来。

在我的几篇较好的短篇小说里，我都用的是预备写长篇的资料。因为没有时间写长篇，我往往从预备好足够写一二十万字的小说里抽出某一件事，写成只有几千字的短篇。这样的短篇，虽然故事简单，人物不多；可是，对人物的一切，我已想过多少次。于是，人物的一举一动，一言一语，都能够表现他们的不同的性格与生活经验。我认识他们。我本来是想用一二十万字从生活各方面描写他们的。

篇幅虽短，人物可不能折扣！在长篇小说里，我们可以从容地、有头有尾地叙述一个人物的全部生活。在短篇里，我们是借着一个简单的故事，生活中的一片段，表现出人物。我们若是知道一个人物的生活全部，就必能写好他的生活的一片段，使人看了相信：只有这样一个人，才会做出这样的一些事。虽然写的是一件事，可是能够反映出人物的全貌。

还有一件事，也值得说一说。在我把剧本交给剧院之后，演员们总是顺着我写的台词，分别给所有的人物去作小传。即使某一人物的台词只有几句，预备扮演他（或她）的演员也照着这几句话，加以想象，去写出一篇人物小传来。这是个很好的方法。这么做了之后，演员便摸到剧中人物的底。不管人物在台上说多说少，演员们总能设身处地，从人物的性格与生活出发，去说或多或少的台词。某一人物的台词虽然只有那么几句，演员却有代他说千言万语的准备。因此，演员才能把那几句话说好——只有这样的一个角色，才会这么说那几句话。假若演员不去拟写人物小传，而只记住那几句台词，他必定不能获得闻声知人的效果。人物的全部生活决定他在舞台上怎么说那几句话。

是的，得到一个故事，最好是去细细琢磨其中的人物。假若对人物全无所知，就请不要执笔，而须先去生活，去认识人。故事不怕短，人物可必须立得起来。人物的形象不应因故事简短而打折扣。只知道一个故事，而不洞悉其中人物，无法进行创作。人是故事的主人。

关于文学的语言问题*

我想谈一谈文学语言的问题。

我觉得在我们的文学创作上相当普遍地存着一个缺点，就是语言不很好。

语言是文学创作的工具，我们应该掌握这个工具。我并不是技术主义者，主张只要语言写好，一切就都不成问题了。要是那么把语言孤立起来看，我们的作品岂不都变成八股文了么？过去的学究们写八股文就是只求文字好，而不大关心别的。我们不是那样。我是说：我们既然搞写作，就必须掌握语言技术。这并非偏重，而是应当的。一个画家而不会用颜色，一个木匠而不会用刨子，都是不可

---

* 本文是作者1954年底在中国作家协会和电影局举办的电影剧本创作讲习会上所做的报告记录。原载1955年7月15日《文艺月报》七月号。

想象的。

我们看一部小说、一个剧本或一部电影片子，我们是把它的语言好坏，算在整个作品的评价中的。就整个作品来讲，它应该有好的，而不是有坏的，语言。语言不好，就妨碍了读者接受这个作品。读者会说：啰哩啰唆的，说些什么呀？这就减少了作品的感染力，作品就吃了亏！

在世界文学名著中，也有语言不大好的，但是不多。一般地来说，我们总是一提到作品，也就想到它的美丽的语言。我们几乎没法子赞美杜甫与莎士比亚而不引用他们的原文为证。所以，语言是我们作品好坏的一个部分，而且是一个重要部分。我们有责任把语言写好！

我们的最好的思想，最深厚的感情，只能被最美妙的语言表达出来。若是表达不出，谁能知道那思想与感情怎样的好呢？这是无可分离的、统一的东西。

要把语言写好，不只是“说什么”的问题，而也是“怎么说”的问题。创作是个人的工作，“怎么说”就表现了个人的风格与语言创造力。我这么说，说得与众不同，特别好，就表现了我的独特风格与语言创造力。艺术作品都是这样。十个画家给我画像，画出来的都是我，但又各有不同。每一个里都有画家自己的风格与创造。他们各个人从各个不同的风格与创造把我表现出来。写文章也如此，尽管是写同一题材，可也十个人写十个样。从语言上，我们可以看出来作家们的不同的性格，一看就知道是谁写的。莎士比亚是莎士比亚，但丁是但丁。文学作品不能用机器制造，每篇都一样，尺寸相同。翻开《红楼梦》看看，那绝对是《红楼梦》，绝对不能和《儒林外史》调换调换。不像我们，大家的写法都差不多，看来都像报纸上的通讯报道。甚至于写一篇讲演稿子，也不说自己的话，看不出是谁说的。看看爱伦堡的政论是有好处的。他谈论政治问题，还保持着他的独特风格，教人一看就看出那是一位文学家的手笔。他谈什么都有他独特的风格，不“人云亦云”，正像我们所说：“文如其人”。

不幸，有的人写了一辈子东西，而始终没有自己的风格。这就吃了亏。也许他写的事情很重要，但是因为语言不好，没有风格，大家不喜欢看；或者当时大家看他的东西，而不久便被忘掉，不能为文学事业积累财富。传之久远的作品，一方面是因为它有好的思想内容，一方面也因为它有好的风格和语言。

这么说，是不是我们都须标奇立异，放下现成的语言不用，而专找些奇怪的，以便显出自己的风格呢？不是的！我们的本领就在用现成的、普通的语言，写出风格来。不是标奇立异，写的使人不懂。“啊，这文章写得深，没人能懂！”并不是称赞！没人能懂有什么好处呢？那难道不是糊涂文章么？有人把“白日依山尽……更上一层楼”改成“……更上一层板”，因为楼必有楼板。大家都说“楼”，这位先生非说“板”不可，难道就算独特的风格么？

同是用普通的语言，怎么有人写的好，有人写的坏呢？这是因为有的人的普通言语不是泛泛地写出来的，而是用很深的思想、感情写出来的，是从心里掏出来的，所以就写的好。别人说不出，他说出来了，这就显出他的本领。为什么好文章不能改，只改几个字就不像样子了呢？就是因为它是那么有骨有肉，思想、感情、文字三者全分不开，结成了有机的整体；动哪里，哪里就会受伤。所以说，好文章不能增减一字。特别是诗，必须照原样念出来，不能略述大意，（若说：那首诗好极了，说的是木兰从军，原句子我可忘了！这便等于废话！）也不能把“楼”改成“板”。好的散文也是如此。

运用语言不单纯地是语言问题。你要描写一个好人，就须热爱他，钻到他心里去，和他同感受，同呼吸，然后你就能够替他说话了。这样写出的语言，才能是真实的，生动的。普通的话，在适当的时间、地点、情景中说出来，就能变成有文艺性的话了。不要只在语言上打圈子，而忘了与语言血肉相关的东西——生活。字典上有一切的字。

但是，只抱着一本字典是写不出东西来的。

我劝大家写东西不要贪多。大家写东西往往喜贪长，没经过很好的思索，没有对人与事发生感情就去写，结果写得又臭又长，自己还觉得挺美——“我又写了八万字！”八万字又怎么样呢？假若都是废话，还远不如写八百个有用的字好。好多古诗，都是十几二十个字，而流传到现在，那不比八万字好么？世界上最好的文字，就是最亲切的文字。所谓亲切，就是普通的话，大家这么说，我也这么说，不是用了一大车大家不了解的词汇字汇。世界上最好的文字，也是最精练的文字，哪怕只几个字，别人可是说不出来。简单、经济、亲切的文字，才是有生命的文字。

下面我谈一些办法，是针对青年同志最爱犯的毛病说的。

第一，写东西，要一句是一句。这个问题看来是很幼稚的，怎么会一句不是一句呢？我们现在写文章，往往一直写下去，半篇还没一个句点。这样一直写下去，连作者自己也不知道写到哪里去了，结果一定是糊涂文章。要先想好了句子，看站得稳否，一句站住了再往下写第二句。必须一句是一句，结结实实的不摇摇摆摆。我自己写文章，总希望七八个字一句，或十个字一句，不要太长的句子。每写一句时，我都想好了，这一句到底说明什么，表现什么感情，我希望每一句话都站得住。当我写了一个较长的句子，我就想法子把它分成几段，断开了就好念了，别人愿意念下去；断开了也好听了，别人也容易懂。读者是很厉害的，你稍微写得难懂，他就不答应你。

同时，一句与一句之间的联系应该是逻辑的、有机的联系，就跟咱们周身的血脉一样，是一贯相通的。我们有些人写东西，不大注意这一点。一句一句不清楚，不知道说到哪里去了，句与句之间没有逻辑的联系，上下不相照应。读者的心里是这样的，你上一句用了这么一个字，他就希望你下一句说什么。例如你说“今天天阴了”，大家看了，就希望你顺着阴天往下说。你的下句要是说“大家都高兴极了”，这就联不上。阴天了还高兴什么呢？你要说“今天阴天了，我心里更难过了”，这就联上了。大家都喜欢晴天，阴天当然就容易不高兴。当然，农民需要雨的时候一定喜欢阴天。我们写文章要一句是一句，上下联贯，切不可错用一个字。每逢用一个字，你就要考虑到它会起什么作用，人家会往哪里想。写文章的难处，就在这里。

我的文章写得那样白，那样俗，好像毫不费力。实际上，那不定改了多少遍！有时候一千多字要写两三天。看有些青年同志们写的东西，往往吓我一跳。他下笔万言，一笔到底，很少句点，不知道在哪里才算完，看起来让人喘不过气来。

第二，写东西时，用字、造句必须先要求清楚明白。用字造句不清楚、不明白、不正确的例子是很多的。例如“那个长得像驴脸的人”，这个句子就不清楚、不明确。这是说那个人的整个身子长得像驴脸呢，还是怎么的？难道那个人没胳膊没腿，全身长得像一张驴脸吗，要是这样，怎么还像人呢？当然，本意是说：那个人的脸长得像驴脸。

所以我的意见是：要老老实实先把话写清楚了，然后再求生动。要少用修辞，非到不用不可的时候才用。在一篇文章里你用了一个“伟大的”，如“伟大的毛主席”，就对了；要是这个也伟大，那个也伟大，那就没有力量，不发生作用了。乱用比喻，那个人的耳朵像什么，眼睛像什么……就使文章单调无力。要知道：不用任何形容，只是清清楚楚写下来的文章，而且写得好，就是最大的本事，真正的功夫。如果你真正明白了你所要写的东西，你就可以不用那些无聊的修辞与形容，而能直截了当、开门见山地写出来。我们拿几句古诗来看看吧。像王维的“隔牖风惊竹”吧，就是说早上起来，听到窗子外面竹子响了。听到竹子响后，当然要打开门看看啰，这一看，下一句就惊人了，“开门雪满山”！这没有任何形容，就那么直接说出来了。没有形容雪，可使我们看到了雪的全景。若是写他打开门就“哟！伟大的雪呀！”“多白的雪呀！”便不会惊人。我们再看看韩愈写雪的诗吧。他是一个大文学家，但是他写雪就没有王维写的有气魄。他这么写：“随车翻缟带，逐马散银杯。”他是说车子在雪地里走，雪随着车轮的转动翻起两条白带子；马蹄踏到雪上，留了一个一个的银杯子。这是很用心写的，用心形容的。但是形容的好不好呢？不好！王维是一语把整个的自然景象都写出来，成为句名。而韩愈的这一联，只是琐碎的刻画，没有多少诗意。再如我们常念的诗句“山雨欲来风满楼”。这么说就够了，用不着什么形容。像“满城风雨近重阳”这一句诗，是抄着总根来的，没有枝节琐碎的形容，而把整个“重阳”季节的形色都写了出来。所以我以为：在你写东西的时候，要要求清楚，少用那些乱七八糟的修辞。你要是真看明白了一件事，你就能一针见血地把它写出来，写得简练有力！

我还有个意见：就是要少用“然而”“所以”“但是”，不要老用这些字转来转去。你要是一会儿“然而”，一会儿“但是”，一会儿“所以”，老那么绕弯子，不但减弱了文章的力量，读者还要问你：“你到底要怎么样？你能不能直截了当地说话！？”不是有这样一个故事吗？我们的大文学家王勃写了两句最得意的话：“落霞与孤鹜齐飞，秋水共长天一色。”传说，后来他在水里淹死了，死后还不忘这两句，天天在水上闹鬼，反复念着这两句。后来有一个人由此经过，听见了就说：“你这两句话还不算太好。要把‘与’字和‘共’字删去，改成‘落霞孤鹜齐飞，秋水长天一色’，不是更挺拔更好吗？”据说，从此就不闹鬼了。这把鬼说服了。所以文章里的虚字，只要能去的尽量把它去了，要不然死后想闹鬼也闹不成，总有人会指出你的毛病来的。

第三，我们应向人民学习。人民的语言是那样简练、干脆。我们写东西呢，仿佛总是要表现自己：我是知识分子呀，必得用点不常用的修辞，让人吓一跳啊。所以人家说我们写的是学生腔。我劝大家有空的时候找几首古诗念念，学习他们那种简练清楚，很有好处。你别看一首诗只有几句，甚至只有十几个字，说不定作者想了多少天才写成那么一首。我写文章总是改了又改，只要写出一句话不现成，不响亮，不像口头说的那样，我就换一句更明白、更俗的、务期接近人民口语中的话。所以在我的文章中，很少看到“愤怒的葡萄”“原野”“熊熊的火光”……这类的东西。而且我还不是仅就着字面改，像把“土”字换成“地”字，把“母亲”改成“娘”，而是要从整个的句子和句与句之间总的意思上来考虑。所以我写一句话要想半天。比方写一个长辈看到自己的一个晚辈有出息，当了干部回家来了，他拍着晚辈的肩说：“小伙子，‘搞’的不错呀！”这地方我就用“搞”，若不相信，你试用“做”，用“干”，准保没有用“搞”字恰当、亲切。假如是一个长辈夸奖他的侄子说：“这小伙子，做事认真。”在这里我就用“做”字，你总不能说，“这小伙子，‘搞’事认真。”要是看见一个小伙子在那里劳动得非常卖力气，我就写：“这小伙子，真认真干。”这就用上了“干”字。像这三个字：“搞”“干”“做”都是现成的，并不谁比谁更通俗，只看你把它搁在哪里最恰当、最合适就是了。

第四，我写文章，不仅要考虑每一个字的意义，还要考虑到每个字的声音。不仅写文章是这样，写报告也是这样。我总希望我的报告可以一字不改地拿来念，大家都能听得明白。虽然我的报告作的不好，但是念起来很好听，句子现成。比方我的报告当中，上句末一个字用了一个仄声字，如“他去了”。下句我就要用个平声字。如“你也去吗？”让句子念起来叮当地响。好文章让人家愿意念，也愿意听。

好文章不仅让人愿意念，还要让人念了，觉得口腔是舒服的。随便你拿李白或杜甫的诗来念，你都会觉得口腔是舒服的，因为在用哪一个字时，他们便抓住了那个字的声音之美。以杜甫的“烽火连三月，家书抵万金”来说吧，

"连三"两字，舌头不用更换位置就念下去了，很舒服。在"家书抵万金"里，假如你把"抵"字换成"值"字，那就别扭了。字有平仄——也许将来没有了，但那是将来的事，我们是谈现在。像北京话，现在至少有四声，这就有关于我们的语言之美。为什么不该把平仄调配的好一些呢？当然，散文不是诗，但是要能写得让人听、念、看都舒服，不更好吗？有些同志不注意这些，以为既是白话文，一写就是好几万字，用不着细细推敲，他们吃亏也就在这里。

第五，我们写话剧、写电影的同志，要注意这个问题：我们写的语言，往往是干巴巴地交代问题。譬如：惟恐怕台下听不懂，上句是"你走吗？"下句一定是"我走啦！"既然是为交代问题，就可以不用真感情，不用最美的语言。所以我很怕听电影上的对话，不现成，不美。

我们写文章，应当连一个标点也不放松。文学家嘛，写文艺作品怎么能把标点搞错了呢？所以写东西不容易，不是马马虎虎就能写出来的。所以我们写东西第一要要求能念。我写完了，总是先自己念念看，然后再念给朋友听。文章要完全用口语，是不易做到的，但要努力接近口语化。

第六，中国的语言，是最简练的语言。你看我们的诗吧，就用四言、五言、七言，最长的是九言。当然我说的是老诗，新诗不同一些。但是哪怕是新诗，大概一百二十个字一行也不行。为什么中国古诗只发展到九个字一句呢？这就是我们文字的本质决定下来的。我们应该明白我们语言文字的本质。要真掌握了它，我们说话就不会绕弯子了。我们现在似乎爱说绕弯子的话，如“对他这种说法，我不同意！”为什么不说“我不同意他的话”呢？为什么要白添那么些字？又如“他所说的，那是废话”咱们一般地都说：“他说的是废话。”为什么不这样说呢？到底是哪一种说法有劲呢？

这种绕弯子说话，当然是受了“五四”以来欧化语法的影响。弄得好嘛，当然可以。像说理的文章，往往是要改换一下中国语法。至于一般的话语为什么不按我们自己的习惯说呢？

第七，说到这里，我就要讲到一个很重要的问题，就是深入浅出的问题。提到深入，我们总以为要用深奥的、不好懂的语言才能说出很深的道理。其实，文艺工作者的本事就是用浅显的话，说出很深的道理来。这就得想办法。必定把一个问题想得透彻了，然后才能用普通的、浅显的话说出很深的道理。我们开国时，毛主席说：“中国人民站起来了。”中国经过了多少年艰苦的革命过程，现在人民才真正当家做主。这一句说出了真理，而且说得那么简单、明了、深入浅出。

第八，我们要说明一下，口语不是照抄的，而是从生活中提炼出来的。举一个例子，唐诗有这么两句："大漠孤烟直，长河落日圆。"这都没有一个生字。可是仔细一想，真了不起，它把大沙漠上的景致真实地概括地写出来了。沙漠上的空气干燥，气压高，所以烟一直往上升。住的人家少，所以是孤烟。大河上，落日显得特别大，特别圆。作者用极简单的现成的语言，把沙漠全景都表现出来了。没有看过大沙漠，没有观察力的人，是写不出来的。语言就是这样提炼的。有的人到工厂，每天拿个小本记工人的语言，这是很笨的办法。照抄别人的语言是笨事，我们不要拼凑语言，而是从生活中提炼语言。

语言须配合内容：我们要描写一个个性强的人，就用强烈的文字写，不是写什么都是那一套，没有一点变化，也就不能感动人。《红楼梦》中写到什么情景就用什么文字。文字是工具，要它干什么就干什么，不能老是那一套。《水浒》中武松大闹鸳鸯楼那一场，都用很强烈的短句，使人感到那种英雄气概与敏捷的动作。要像画家那样，用暗淡的颜色表现阴暗的气氛，用鲜明的色彩表现明朗的景色。

其次，谈谈对话。对话很重要，是文学创作中最有艺术性的部分。对话不只是交代情节用的，而要看是什么人说的，为什么说的，在什么环境中说的，怎么说的。这样，对话才能表现人物的性格、思想、感情。想对话时要全面的、“立体”的去想，看见一个人在那儿斗争，就想这人该怎么说话。有时只说一个字就够了，有时要说一大段话。你要深入人物心中去，找到生活中必定如此说的那些话。沉默也有效果，有时比说话更有力量。譬如一个人在办公室接到电话，知道自己的小孩死了，当时是说不出话来的。又譬如一个人老远地回家，看到父亲死了，他只能喊出一声“爹”，就哭起来。他决不会说：“伟大的爸爸，你怎么今天死了！”没有人会这样说，通常是喊一声就哭，说多了就不对。无论写什么，没有彻底了解，就写不出。不同那人共同生活，共同哭笑，共同呼吸，就描写不好那个人。

我们常常谈到民族风格。我认为民族风格主要表现在语言上。除了语言，还有什么别的地方可以表现它呢？你说短文章是我们的民族风格吗？外国也有。你说长文章是我们民族风格吗？外国也有。主要是表现在语言上，外国人不说中国话。用我们自己的语言表现的东西有民族风格，一本中国书译成外文就变了样，只能把内容翻译出来，语言的神情很难全盘译出。民族风格主要表现在语言文字上，希望大家多用工夫学习语言文字。

第二部分：回答问题。

我不想用专家的身份回答问题，我不是语言学家。对我们语言发展上的很多问题，不是我能回答的。我只能以一个写过一点东西的人的资格来回答。

第一个问题：怎样从群众语言中提炼出文学语言？这我刚才已大致说过，学习群众的语言不是照抄，我们要根据创作中写什么人，写什么事，去运用从群众中学来的语言。一件事情也许普通人嘴里要说十句，我们要设法精简到三四句。这是作家应尽的责任，把语言精华拿出来。连造句也是一样，按一般人的习惯要二十个字，我们应设法用十个字就说明白。这是可能的。有时一个字两个字都能表达不少的意思。你得设法调动语言。你描述一个情节的发展，若是能够选用文字，比一般的话更简练、更生动，就是本事。有时候你用一个“看”字或“来”字就能省下一句话，那就比一般人嘴里的话精简多了。要调动你的语言，把一个字放在前边或放在后边，就可以省很多字。两句改成一长一短，又可以省很多字。要按照人物的性格，用很少的话把他的思想感情表达出来，而不要照抄群众语言。先要学习群众语言，掌握群众语言，然后创作性地运用它。

第二个问题：南方朋友提出，不会说北方话怎么办呢？这的确是个问题！有的南方人学了一点北方话就用上，什么都用“压根儿”，以为这就是北方话。这不行！还是要集中思考你所写的人物要干什么，说什么。从这一点出发，尽管语言不纯粹，仍可以写出相当清顺的文字。不要卖弄刚学会的几句北方话！有意卖弄，你的话会成为四不像了。如果顺着人物的思想感情写，即使语言不漂亮，也能把人物的心情写出来。

我看是这样，没有掌握北方话，可以一面揣摩人情事理，一面学话，这么学比死记词汇强。要从活人活事里学话，不要死背“压根儿”“真棒”……南方人写北方话当然有困难，但这问题并非不能解决，否则沈雁冰先生、叶圣陶先生就写不出东西了。他们是南方人，但他们的语言不仅顺畅，而且有风格。

第三个问题：词汇贫乏怎么办？我希望大家多写短文，用最普通的文字写。是不是这样就会词汇贫乏，写不生动呢？这样写当然词汇用的少，但是还能写出好文章来。我在写作时，拼命想这个人物是怎么思想的，他有什么感情，他该说什么话，这样，我就可以少用词汇。我主要是表达思想感情，不孤立地贪图多用词汇。我们平时嘴里的词汇并不多，在“三反”“五反”时，斗争多么激烈，谁也没顾得去找词汇，可是斗争仍是那么激烈，可见人人都会说话，都想一句话把对方说低了头。这些话未见得会有丰富的词汇，但是能深刻地表达思想感情。

我写东西总是尽量少用字，不乱形容，不乱用修辞，从现成话里掏东西。一般人的社会接触面小，词汇当然贫乏。我觉得很奇怪，许多写作者连普通花名都不知道，都不注意，这就损失了很多词汇。我们的生活若是局限于小圈子里，对生活的各方面不感趣味，当然词汇少。作家若以为音乐、图画、雕塑、养花等等与自己无关，是不对的。对什么都不感兴趣，哪里来的词汇？你接触了画家，他就会告诉你很多东西，那就丰富了词汇。我不懂音乐，我就只好不说；对养花、鸟、鱼，我感觉兴趣，就多得了一些词汇。丰富生活，就能丰富词汇。这需要慢慢积蓄。你接触到一些京戏演员，就多听到一些行话，如“马前”“马后”等。这不一定马上有用，可是当你写一篇文章，形容到一个演员的时候，就用上了。每一行业的行话都有很好的东西，我们接触多了就会知道。不管什么时候用，总得预备下，像百货公司一样，什么东西都预备下，从留声机到钢笔头。我们的毛病就是整天在图书馆中抱着书本。要对生活各方面都有兴趣；买一盆花，和卖花的人聊聊，就会得到许多好处。

第四个问题：地方土语如何运用？

语言发展的趋势总是日渐统一的。现在的广播、教科书都以官话为主。但这里有一个矛盾，即“一般化的语言”

不那么生动，比较死板。所以，有生动的方言，也可以用。如果怕读者不懂，可以加一个注解。我同情广东、福建朋友，他们说官话是有困难，但大势所趋，没有办法，只好学习。方言中名词不同，还不要紧，北京叫白薯，山东叫地瓜，四川叫红苕，没什么关系；现在可以互注一下，以后总会有个标准名词。动词就难了，地方话和北方话相差很多，动词又很重要，只好用“一般语”，不用地方话了。形容词也好办，北方形容浅绿色说“绿阴阴”的，也许广东人另有说法，不过反正有一个“绿”字，读者大致会猜到。主要在动词，动词不明白，行动就都乱了。我在一本小说中写一个人“从凳子上‘出溜’下去了”，意思是这人突然病了，从凳上滑了下去，一位广东读者来信问：“这人溜出去了，怎么还在屋子里？”我现在逐渐少用北京土语，偶尔用一个也加上注解。这问题牵涉到文字的改革，我就不多谈了。

第五个问题：写对话用口语还容易，描写时用口语就困难了。

我想情况是这样，对话用口语，因为没有办法不用。但描写时也可以试一试用口语，下笔以前先出声地念一念再写。比如描写一个人“身量很高，脸红扑扑的”，还是可以用口语的。别认为描写必须另用一套文字，可以试试嘴里怎么说就怎么写。

第六个问题："五四"运动以后的作品——包括许多有名作家的作品在内——一般工农看不懂、不习惯，这问题怎么看？

我觉得"五四"运动对语言问题上是有偏差的。那时有些人以为中国语言不够细致。他们都会一种或几种外国语；念惯了西洋书，爱慕外国语言，有些瞧不起中国话，认为中国话简陋。其实中国话是世界上最进步的。很明显，有些外国话中的"桌子椅子"还有阴性、阳性之别，这没什么道理，中国话就没有这些啰里啰唆的东西。

但"五四"传统有它好的一面，它吸收了外国的语法，丰富了我们语法，使语言结构上复杂一些，使说理的文字更精密一些。如今天的报纸的社论和一般的政治报告，就多少采用了这种语法。

我们写作，不能不用人民的语言。"五四"传统好的一面，在写理论文字时，可以采用。创作还是应该以老百姓的话为主。我们应该重视自己的语言，从人民口头中，学习简练、干净的语言，不应当多用欧化的语法。

有人说农民不懂"五四"以来的文学，这说法不一定正确。以前农民不认识字，怎么能懂呢？可是也有虽然识字而仍不懂，连今天的作品也还看不懂。从前中国作家协会开会请工人提意见，他们就提出某些作品的语言不好，看不懂，这是值得警惕的，这是由于我们还没有更好地学习人民的语言。

第七个问题：应当如何用文学语言影响和丰富人民语言？

我在三十年前也这样想过：要用我的语言来影响人民的语言，用白话文言夹七夹八的合在一起，可是问题并未解决。现在，我看还是老老实实让人民语言丰富我们的语言，先别贪图用自己的语言影响人民的语言吧。

第八个问题：如何用歇后语。

我看用得好就可以用。歇后语、俗语，都可以用，但用得太多就没意思。《春风吹到诺敏河》中，每人都说歇后语，好像一个村子都是歇后语专家，那就过火了。

对话浅论*

怎样写好电影剧本的对话，我回答不出，我没有写过电影剧本。仅就习写话剧的一点经验，和看电影的体会，来谈谈这个问题，供参考而已。

在写话剧对话的时候，我总期望能够实现“话到人到”。这就是说，我要求自己始终把眼睛盯在人物的性格与生活上，以期开口就响，闻其声知其人，三言五语就勾出一个人物形象的轮廓来。随着剧情的发展，对话若能始终紧紧拴在人物的性格与生活上，人物的塑造便有了成功的希望。这样，对话本身似乎也有了性格，既可避免“一道汤”的毛病，也不至于有事无人。张三的话不能移植到李四的口中来，他们各有个性，他们的话也各具特点。因此，

---

* 本文原载1961年2月15日《电影艺术》第一期，曾收入《小花朵集》。

对于我所熟识的人物，我的对话就写得好一些。对于我不大了解的人物，对话就写得很差。难处不在大家都说什么，而在于他们都怎么说。摸不到人物性格与生活的底，对话也就没有底，说什么也难得精彩。想啊，想啊，日夜在想张三和李四究竟是何等人物。一旦他们都像是我的老朋友了，他们就会说自己的话，张口就对，“话到人到”。反之，话到而人不到，对话就会软弱无力。若是始终想不好，人物总是似有若无，摇摇摆摆，那就应该再去深入生活。

一旦人物性格确定了，我们就较比容易想出他们的语声、腔调和习惯用哪些语汇了。于是，我们就可以出着声儿去写对话。是，我总是一面出着声儿，念念有词，一面落笔。比如说：我设想张三是个心眼爽直的胖子，我即假拟着他的宽嗓门，放炮似的说直话。同样地，我设想李四是个尖嗓门的瘦子，专爱说刻薄话，挖苦人，我就提高了调门儿，细声细气地绕着弯子找厉害话说。这一胖一瘦若是争辩起来，胖子便越来越起急，话也就越短而有力。瘦子呢，调门儿大概会越来越高，话也越来越尖酸。说来说去，胖子是面红耳赤，呼呼地喘气，而瘦子则脸上发白，话里添加了冷笑……是的，我的对话并不比别人写的高明，可是我的确是这么出着声儿写的，期望把话写活了。写完，我还要朗读许多遍，进行修改。修改的时候，我是一人班，独自分扮许多人物，手舞足蹈，忽男忽女。我知道，对话是要放在舞台上去说的，不能专凭写在纸上便算完成了任务。剧作者给演员们预备下较好的对话，演员们才能更好地去发挥对话中的含蕴。

我并不想在这里推销我的办法。创作方法，各有不同。我只想说明我的办法对我有好处，所以愿意再多说几句：因为我动笔的时候，口中念念有词，所以我连一个虚字“了”“啊”“吗”等等，都不轻易放过。我的耳朵监督着我的口。耳朵通不过的，我就得修改。话剧不是为叫大家听的么？

还有：这个办法可以叫我节省许多话语。一个“呕！”或一个“啊？”有时候可以代替一两句话。同样，一句有力的话，可以代替好几句话。口与耳帮助了我的脑子实行语言节约。

对于我不大熟识的人物，我没法子扮演他。我就只好用词藻去敷衍，掩饰自己的空虚。这样写出的对话，一念就使我脸红！不由人物性格与生活出发，而专凭词藻支持门面，必定成为“八股对话”。离开人物而孤立地去找对话，很少有成功的希望！

我的办法并没有使我成为了不起的语言运用的艺术家。不过，它却使我明白了语言必须全面地去运用。剧作者有责任去挖掘语言的全部奥秘，不但在思想性上要有“语不惊人死不休”的雄心，而且在语言之美上也不甘居诗人之下。在古代，中外的剧作者都讲究写诗剧。不管他们的创作成就如何，他们在语言上可的确下了极大的功夫。他们写的是戏剧，也是诗篇。诗剧的时代已成过去，今天我们是用白话散文写戏。但是，我们不该因此而草草了了，不去精益求精。

所谓全面运用语言者，就是说在用语言表达思想感情的时候，不忘了语言的简练、明确、生动，也不忘了语言的节奏，声音等等方面。这并非说，我们的对话每句都该是诗，而是说在写对话的时候，应该像作诗那么认真，那么苦心经营。比如说，一句话里有很高的思想，或很深的感情，而说得很笨，既无节奏，又无声音之美，它就不能算作精美的戏剧语言。观众要求我们的话既有思想感情，又铿锵悦耳，既有深刻的含意，又有音乐性，既受到启发，又得到艺术的享受。剧作者不该只满足于把情节交代清楚了。假若是那样，大家看看说明书也就够了，何必一幕一幕地看戏呢？

我丝毫没有轻视思想性，而专重语言的意思。我是说，把语言写好也是剧作者的责任之一，因为他是语言运用的艺术家。明乎此，我们才好说下去，不致发生误会。

好吧，让我们说得更具体些吧：在汉语中，字分平仄。调动平仄，在我们的诗词形式发展上起过不小的作用。我们今天既用散文写戏，自然就容易忽略了这一端，只顾写话，而忘了注意声调之美。其实，即使是散文，平仄的排列也还该考究。是，“张三李四”好听，“张三王八”就不好听。前者是二平二仄，有起有落；后者是四字（按京音读）皆平，缺乏扬抑。四个字尚且如此，那么连说几句就更该好好安排一下了。“张三去了，李四也去了，老王也去了，会开成了，”这样一顺边的句子大概不如“张三、李四、老王都去参加，会开成了，”简单好听。前者有一顺边的四个“了”，后者“加”是平声，“了”是仄声，扬抑有致。

一注意到字音的安排，也就必然涉及字眼儿的选择。字虽同义，而音声不同，我们就须选用那个音义俱美的。对话是用在舞台上的，必须义既正确，音又好听。“警惕”“留神”“小心”等的意思不完全相同，而颇接近，我们须就全句的意思和全句字音的安排，选择一个最合适的。这样，也会叫用字多些变化；重复使用同一字眼儿会使听众感到语言贫乏。不朗读自己的对话，往往不易发现这个毛病。

书面上美好的字，不一定在口中也美好。我们必须为演员设想。“老李，说说，切莫冗长！”大概不如说“老李，说说，简单点！”后者现成，容易说，容易懂，虽然“冗长”是书面上常用的字。

有些人，包括演员，往往把一句话的最后部分念得不够响亮。声音一塌，台下便听不清楚。戏曲与曲艺有个好办法，把下句的尾巴安上平声字，如“打虎亲兄弟，上阵父子兵”，如“人逢喜事精神爽，月到中秋分外光”等等。句尾用平声字，如上面的“兵”与“光”，演员就必会念响，不易塌下去。因此，有时候，在句尾用“心细”就不如“细心”，“主意”不如“主张”。

当然，我们没法子给每句句尾都安上平声字，而且也不该那样；每句都翘起尾巴，便失去句与句之间平仄互相呼应的好处——如“今天你去，明天他来”。或“你叫他来，不如自己去”。“来”与“去”在尾句平仄互相呼应，相当好听。这就告诉了我们，把句子造短些，留下“气口”，是个好办法。只要留好了气口儿，即使句子稍长，演员也不致把句尾念塌了。以“心齐，不怕人少；心不齐，人越多越乱。”这句说吧，共有十四个字，不算很短。可是，其中有三个气口儿，演员只要量准了这些气口儿，就能念得节奏分明，十分悦耳。尽管“少”与“乱”都是仄声，也不会念塌了。反之，句子既长，又没有气口儿，势必念到下半句就垮下去。

以上所言，不过是为说明我们应当如何从语言的各方面去考虑与调动，以期情文并茂，音义兼美。这些办法并不是什么条规。

假若这些办法可以适用于话剧的对话，大概用于电影的对话里也无所不可吧？我觉得话剧的对话既须简练，那么电影对话就更应如此。有声电影里有歌唱，有音乐，还有许多别的声响，若是对话冗长，没结没完，就会把琴声笛韵什么的给挤掉，未免可惜。话剧的布景与服装等无论如何出色，究竟是较比固定的，有限的。在电影里，一会儿春云含笑，嫩柳轻舞；一会儿又如花霜叶，秋色多娇；千变万化，汇为诗篇。那么，话剧的对话应当美妙，电影中不就更该这样么？在这图画、乐章、诗歌、戏剧交织成的作品里，对话若是糟糕啊，实在大煞风景！我们有责任用最简练精美的对话配合上去，使整部片子处处诗情画意，无懈可击！

从我看到的一些影片来说，它们的对话似乎还须更考究一些。有的片子里，正是那句简单而具有关键性的句子恰好使我听不明白。原因何在呢？我想这不应完全归罪于演员。句子原来就没写好，恐怕也是失败的原因。在纸面上，那一句也许很不错，可是字音的安排很欠妥当，像绕口令似的那么难说，谁也说不好！台词须出着声儿写，也许有点道理。

更多遇到的是：本来三言两语就够了，可是说上没完，令人扫兴。本来可以用一两个字就能解决问题的，却偏要多说。还有呢，对话既长，句子又没板没眼，气口儿不匀，于是后半句就叫演员“嚼”了，使人气闷。我们要全面地运用语言，因而须多方面去学习。比如说，在通俗韵文里，分上下句。我们的对话虽用散文，也可以运用此法。上下句的句尾若能平仄相应，上句的末字就能把下句“叫”出来，使人听着舒服、自然、生动。在适当的地方，我们甚至可以运用四六文的写法，用点排偶，使较长的对话挺脱有力。比如说：在散文对话之中插上“你是心广体胖，我是马瘦毛长”之类的白话对仗，必能减少冗长无力之弊。为写好对话，我们须向许多文体学习，取其精华，善为运用。旧体诗词、四六文、通俗韵文、戏曲，都有值得学习之处。这可不是照抄，而是运用。

是，是要善为运用！有一次，我听到电影中的一句歇后语。听过了半天，我才明白原来是一句逗笑的歇后语，要笑也来不及了。为什么这样呢？原来是作者选用了一句最绕嘴的歇后语，难怪演员说不利落，失去效果。这就是作者不从多方面考虑，而一心一意只想用上这么一句。结果，失败了！不要孤立地去断定哪句话是非用不可的！要“统筹全局”，从多方面考虑。

总之，对话在电影中，不但要起交代情节的作用，而且要负起塑造人物的责任，“话到人到”。在语言上，必须全面运用，不但使观众听得明白，而且得到语言艺术的享受，从而热爱我们的语言。写对话的时候，我们有责任为演员与观众设想。在全面运用上，我只提到字音等问题，也没有讲透彻，至于如何使语言简练，用字如何现成等等，就不多说了。再声明一下，我的办法不是条规，仅供参考而已。

人物、语言及其他*

短篇小说很容易同通讯报道混淆。写短篇小说时，就像画画一样，要色彩鲜明，要刻画出人物形象。所谓刻画，并非指花红柳绿地作冗长的描写，而是说，要三言两语勾画出人物的性格，树立起鲜明的人物形象来。

一般的说，作品最容易犯的毛病是：人物太多，故事性不强。《林海雪原》之所以吸引人，就是故事性极强烈。当然，短篇小说不可能有许多故事情节，因此，必须选择了又选择，选出最激动人心的事件，把精华写出来。写人更要这样，作者可以虚构、想象，把很多人物事件集中写到一两个人物身上，塑造典型的人物。短篇中的人物一定要集中，集中力量写好一两个主要人物，以一当十，其他

---

* 本文原载1959年《解放军文艺》六月号，收入《小花朵集》。

人物是围绕主人公的配角，适当描画几笔就行了。无论人物和事件都要集中，因为短篇短，容量小。

有些作品为什么隔着云雾望山头，见物不见人呢？这原因在于作者。不少作者常常有一肚子故事，他急于把这些动人的故事写出来，直到动笔的时候，才想到与事件有关的人物，于是，人物只好随着事件走，而人物形象往往模糊、不完整、不够鲜明。世界上的著名的作品大都是这样：反映了这个时代人物的面貌，不是写事件的过程，不是按事件的发展来写人，而是让事件为人物服务。还有一些名著，情节很多，读过后往往记不得，记不全，但是，人物却都被记住，所以成为名著。

我们写作时，首先要想到人物，然后再安排故事，想想让主人公代表什么，反映什么，用谁来陪衬，以便突出这个人物。这里，首先遇到的问题：是写人呢？还是写事？我觉得，应该是表现足以代表时代精神的人物，而不是为了别的。一定要根据人物的需要来安排事件，事随着人走；不要叫事件控制着人物。譬如，关于洋车夫的生活，我很熟悉，因为我小时候很穷，接触过不少车夫，知道不少车夫的故事，但那时我并没有写《骆驼祥子》的意图。有一天，一个朋友和我聊天，说有一个车夫买了三次车，丢了三次车，以至堕落而悲惨地死去。这给我不少启发，使我联想起我所见到的车夫，于是，我决定写旧社会里一个车夫的命运和遭遇，把事件打乱，根据人物发展的需要来写，写成了《骆驼祥子》这一个作品。

写作时一定要多想人物，常想人物。选定一个特点去描画人物，如说话结巴，这是肤浅的表现方法，主要的是应赋予人物性格特征。先想他会干出什么来，怎么个干法，有什么样胆识，而后用突出的事件来表现人物，展示人物性格。要始终看定一两个主要人物，不要使他们写着写着走了样子。贪多，往往会叫人物跑样的。《三国演义》看上去情节很多，但事事都从人物出发。诸葛亮死了还吓了司马懿一大跳，这当然是作者有意安排上去的，目的就是为了丰富诸葛亮这个人物。《红日》中大多数人物写得好。但有些人就没有写好，这原因是人物太多了，有些人物作者不够熟悉，掌握不住。《林海雪原》里的白茹也没写得十分好，这恐怕是曲波同志对女同志还了解得不多的缘故。因此不必要的、不熟悉的就不写，不足以表现人物性格的不写。贪图表现自己知识丰富，力求故事多，那就容易坏事。

写小说和写戏一样，要善于支配人物，支配环境（写出典型环境、典型人物），如要表现炊事员，光把他放在厨房里烧锅煮饭，就不易出戏，很难写出吸引人的场面；如果写部队在大沙漠里铺轨，或者在激战中同志们正需要喝水吃饭，非常困难的时候，把炊事员安排进去，作用就大了。

无论什么文学形式，一写事情的或运动的过程就不易写好，如有个作品写高射炮兵作战，又是讲炮的性能、炮的口径，又是红绿信号灯如何调炮……就很难使人家爱看。文学作品主要是写人，写人的思想活动，遇到什么困难，怎样克服，怎样斗争……写写技术也可以，但不能贪多，因为这不是文学主要的任务。学技术，那有技术教科书嘛！

刻画人物要注意从多方面来写人物性格。如写地主，不要光写他凶残的一面，把他写得像个野兽，也要写他伪善的一面。写他的生活、嗜好、习惯、对不同的人不同的态度……多方面写人物的性格，不要小胡同里赶猪——直来直去。

当你写到戏剧性强的地方，最好不要写他的心理活动，而叫他用行动说话，来表现他的精神面貌。如果在这时候加上心理描写，故事的紧张就马上弛缓下来。《水浒》上的鲁智深、石秀、李逵、武松等人物的形象，往往用行动说话来表现他们的性格和精神面貌，这个写法是很高明的。《水浒》上武松打虎的一段，写武松见虎时心里是怕的，但王少堂先生说评书又作了一番加工：武松看见了老虎，便说："啊！我不打死它，它会伤人哟！好！打！"这样一说，把武松这个英雄人物的性格表现得更有声色了。这种艺术的夸张，是有助于塑造英雄人物的形象的！我们写新英雄人物，要大胆些，对英雄人物的行动，为什么不可以作适当的艺术夸张呢？

为了写好人物，可以把五十万字的材料只写二十万字；心要狠一些。过去日本鬼子烧了商务印书馆的图书馆，把我一部十万多字的小说原稿也烧掉了。后来，我把这十万字的材料写成了一个中篇《月牙儿》。当然，这是其中的精华。这好比割肉一样，肉皮肉膘全不要，光要肉核（最好的肉）。鲁迅的作品，文字十分精练，人物都非常成功，而有些作家就不然，写到事往往就无节制地大写特写，把人盖住了。最近，我看到一幅描绘密云水库上的人们干劲冲天的画，画中把山画得很高很大很雄伟，人呢？却小得很，这怎能表现出人们的干劲呢？看都看不到啊！事件的详细描写总在其次；人，才是主要的。因为有永存价值的是人，而不是事。

语言的运用对文学是非常重要的。有的作品文字色彩不浓，首先是逻辑性的问题。我写作中有一个窍门，一个东西写完了，一定要再念再念再念，念给别人听（听不听在他），看念得顺不顺？准确不？别扭不？逻辑性强不？……看看句子是否有不够妥当之处。我们不能为了文字简练而简略。简练不是简略、意思含糊，而是看逻辑性强不强，准确不准确。只有逻辑性强而又简单的语言才是真正的简练。

运用文字，首先是准确，然后才是出奇。文字修辞、比喻、联想假如并不出奇，用了反而使人感到庸俗。讲究修辞并不是滥用形容词，而是要求语言准确而生动。文字鲜明不鲜明，不在于用一些有颜色的字句。一千字的文章，我往往写三天，第一天可能就写成，第二天、第三天加工修改，把那些陈词滥调和废话都删掉。这样做是否会使色彩不鲜明呢？不，可能更鲜明些。文字不怕朴实，朴实也会生动，也会有色彩。齐白石先生画的小鸡，虽只那么几笔，但墨分五彩，能使人看出来许多颜色。写作时堆砌形容词不好。语言的创造，是用普通的文字巧妙地安排起来的，不要硬造字句，如“他们在思谋……”，“思谋”不常用，不如用“思索”倒好些，既现成也易懂。宁可写得老实些，也别生造。

文学是语言的艺术，我们是语言的运用者，要想办法把“话”说好，不光是要注意“说什么”，而且要注意“怎么说”。注意“怎么说”才能表现出自己的语言风格。各人的“说法”不同，各人的风格也就不一样。“怎么说”是思考的结果，侯宝林的相声之所以逗人笑，并不只因他的嘴有功夫，而是因为他的想法合乎笑的规律。写东西一定要善于运用文字，苦苦思索，要让人家看见你的思想风貌。

用什么语言好呢？过去我很喜欢用方言，《龙须沟》里就有许多北京方言。在北京演出还好，观众能懂，但到了广州就不行了，广州没有这种方言。连翻译也没法翻译。这次写《女店员》我就注意用普通话。推广普通话，文学工作者都有责任。用一些富有表现力的方言，加强乡土气息，不是不可以，但不要贪多；没多少意义的，不易看懂的方言，干脆去掉为是。

小说中人物对话很重要。对话是人物性格的索隐，也就是什么样的人说什么样的话。一个人物的性格掌握住了，再看他在什么时间、什么地点，就可以琢磨出他将会说什么与怎么说。写对话的目的是为了使人物性格更鲜明，而不只是为了交代情节。《红楼梦》的对话写得很好，通过对话可以使人看见活生生的人物。

关于文字表现技巧，不要光从一方面来练习，一棵树吊死人，要多方面练习。一篇小说写完后，可试着再把它写成话剧（当然不一定发表），这会有好处的。话剧主要是以对话来表达故事情节，展示人物性格，每句话都要求很精练，很有作用。我们也应当学学写诗，旧体诗也可以学学，不摸摸旧体诗，就没法摸到中国语言的特点和奥妙。这当然不是要大家去写旧体诗词，而是说要学习我们民族语言的特色，学会表现、运用语言的本领，使作品中的文字千锤百炼，经得起推敲。这是要下一番苦功夫的。

写东西一定要求精练，含蓄。俗语说："宁吃鲜桃一口，不吃烂杏一筐"，这话是很值得深思的。不要使人家读了作品以后，有"吃腻了"的感觉，要给人留出回味的余地，让人看了觉得：这两口还不错呀！我们现在有不少作品不太含蓄，直来直去，什么都说尽了，没有余味可嚼。过去我接触过很多拳师，也曾跟他们学过两手，材料很多。可是不能把这些都写上。我就捡最精彩的一段来写：有一个老先生枪法很好，最拿手的是"断魂枪"，这是几辈祖传的。外地有个老人学的枪法不少，就不会他这一套，于是千里迢迢来求教枪法，可是他不教，说了很多好话，还是不行。老人就走了，他见那老人走后，就把门锁起来，把自己关在院内，一个人练他那套枪法。写到这里，我只写了两个字："不传"，就结束了。还有很多东西没说，让读者去想。想什么呢？就让他们想想小说的"底"——许多好技术，就因个人的保守，而失传了。

小说的"底"，在写之前你就要找到。有些作者还没想好了"底"就写，往往写到一半就写不下去，结果只好放弃了。光想开头，不想结尾，不知道“底”落在哪里，是很难写好的。“底”往往在结尾时才表现出来，“底”也可以说是你写这小说的目的。如果你一上来把什么都讲了，那就是漏了“底”。比如，前面所说的学枪法的故事，就是叫你想想由于这类的“不传”，我们祖国从古到今有多少宝贵的遗产都被埋葬掉啦！写相声最怕没有“底”，没有“底”就下不了台，有了“底”，就知道前面怎么安排了。

小说所要表达的东西是多种多样的。由于我国社会主义建设的需要，当前着重于写建设，这是正确的。当然，也可以写其他方面的生活。在写作时，若只凭有过这么回事，凑合着写下来，就不容易写好；光知道一个故事，而不知道与这故事有关的社会生活，也很难写好。

小说的形式也是多种多样的，有书信体，日记体，还有……资本主义国家有些作品，只描写一种情调，可是写得那么抒情，那么有色彩，能给人以艺术上的欣赏。这种作品虽然没有什么教育意义，我们不一定去学，但多看一看，也有好处。现在我们讲百花齐放，我看放得不够的原因之一，就是知道得不多，特别是世界名著和我国的优秀传统知道得不多。

生活知识也是一样，越博越好，了解得越深越透彻越好。因此，对生活要多体验、多观察，培养多方面的兴趣，尽可能去多接触一些事物。就是花木鸟兽、油盐酱醋也都应注意一下，什么时候用着它很难预料，但知道多了，用起来就很方便。在生活中看到的，随时记下来，看一点，记一点，日积月累，日后大有用处。

在表现形式上不要落旧套，要大胆创造，因为生活是千变万化的，不能按老套子来写。任何一种文学艺术形式一旦一成不变，便会衰落下去。因此，我们要想各种各样的法子冲破旧的套子，这就要敢想、敢说、敢干。“五四”时期打破了旧体诗、文言文的格式，这是个了不起的文化革命！文学艺术，要不断革新，一定要创造出新东西，新的样式。如果大家都写得一样，那还互相交流什么？正因为各有不同，才互相观摩，取长补短，共同提高。新创造的东西，可能有些人看着不大习惯，但大家可以辩论呀！希望大家在文学形式上能有所突破，有新的创造！

第三辑　写与读

写与读*

要写作，便须读书。读书与著书是不可分离的事。当我初次执笔写小说的时候，我并没有考虑自己应否学习写作，和自己是否有写作的才力。我拿起笔来，因为我读了几篇小说。这几篇小说并不是文艺杰作，那时候我还没有辨别好坏的能力。读了它们，我觉得写小说必是很好玩的事，所以我自己也愿试一试。《老张的哲学》便是在这种情形下写出来的。无可避免的，它必是乱七八糟，因为它的范本——那时节我所读过的几篇小说——就不是什么高明的作品。

一边写着“老张”，一边我抱着字典读莎士比亚的《韩

* 本文原载1945年7月《文哨》第一卷第二期倍大号。

姆烈德》[1]。这是一本文艺杰作，可是它并没给我什么好处。这使我怀疑：以我们的大学里的英文程度，而只读了半本莎士比亚，是不是白费时间？后来，我读了英译的《浮士德》，也丝毫没得到好处。这使我非常的苦闷，为什么被人人认为不朽之作的，并不给我一点好处呢？

有一位好友给我出了主意。他教我先读欧洲史，读完了古希腊史，再去读古希腊文艺；读完了古罗马史，再去读古罗马文艺……这的确是个好主意。从历史中，我看见了某一国在某一时代的大概情形，而后在文艺作品中我看见了那一地那一时代的社会光景，二者相证，我就明白了一点文艺的内容与形式都是事有必至，理有固然。不过，说真的，那些古老的东西往往教我瞪着眼咽气！读到半本英译的《衣里亚德》[2]，我的忍耐已用到极点，而想把它扔得远远的，永不再与它谋面。可是，一位会读希腊原文的老先生给我读了几十行荷马，他不是读诗，而是在唱最悦耳的歌曲！大概荷马的音乐就足以使他不朽吧？我决定不

---

① 今译《哈姆莱特》。

② 今译《伊利亚特》，古希腊史诗，作于公元前800—公元前600年，相传为盲诗人荷马所作。

把它扔出老远去了！他的《奥第赛》[①]比《衣里亚德》更有趣一些——我的才力，假若我真有点才力的话，大概是小说的，而非诗歌的；《奥第赛》确乎有点像冒险小说。

希腊的悲剧教我看到了那最活泼而又最悲郁的希腊人的理智与感情的冲突和文艺的形式与内容的调谐。我不能完全明白它们的技巧，因为没有看见过它们在舞台上“旧戏重排”。从书本上，我只看到它们的“美”。这个美不仅是修辞上的与结构上的，而也是在希腊人的灵魂中的；希腊人仿佛是在“美”里面呼吸着的。

假若希腊悲剧是鹤唳高天的东西，我自己的习作可仍然是爬伏在地上的。一方面，古希腊的三大悲剧家是世界文学史中罕见的天才，高不可及；一方面，我读了阿瑞司陶风内司[②]的喜剧，而喜剧更合我的口胃。假若我缺乏组织的能力与高深的思想，我可是会开玩笑啊，这时候，我开始写《赵子曰》——一本开玩笑的小说。

在悲剧喜剧之外，我最喜爱希腊的短诗。这可只限于喜爱。我并不敢学诗，我知道自己没有诗才。希腊的短诗

① 今译《奥德赛》或《奥德修纪》，古希腊史诗，相传为荷马作于公元前八世纪末，与《伊利亚特》统称《荷马史诗》。

② 今译阿里斯托芬（约前446—前385），古希腊早期喜剧作家，其存世的《阿卡奈人》《骑士》等十一部作品是现存最早的古希腊喜剧。

是那么简洁，轻松，秀丽，真像是“他只有一朵花，却是玫瑰”那样。我知道自己只是粗枝大叶，不敢高攀玫瑰！

赫罗都塔司[①]，赛诺风内[②]，与修西地第司[③]的作品，我也都耐着性子读了，他们都没给我什么好处。读他们，几乎像读列国演义，读过便全忘掉。

古罗马的作品使我更感到气闷。能欣赏米尔顿[④]的，我想，一定能喜爱乌吉尔[⑤]。可是，我根本不能欣赏米尔顿。我喜爱跳动的，天才横溢的诗，而不爱那四平八稳的功力深厚的诗。乌吉尔是杜甫，而我喜欢李白。罗马的雄辩的散文是值得一读的，它们常常给我们一两句格言与宝贵的常识，使我们认识了罗马人的切于实际，洞悉人情。可是，它们并不能给我们灵感。一行希腊诗歌能使我们沉醉，一整篇罗马的诗歌或散文也不能使我们有些醉意——罗马伟大，而光荣属于希腊。

---

① 今译希罗多德（约前480—前425），古希腊历史学家，被称为“历史之父”，著有史学名著《历史》，是西方文学史上第一部流传下来的散文作品。

② 今译色诺芬（约前440—前355），古希腊历史学家、思想家，苏格拉底的弟子。著有《长征记》《希腊史》《回忆苏格拉底》等。

③ 今译修昔底德（约前471—约前400），古希腊历史学家，著有编年体史书《伯罗奔尼撒战争史》。

④ 今译弥尔顿（1608—1674），英国诗人，代表作有长诗《失乐园》等。

⑤ 今译维吉尔（前70—前19），古罗马诗人，代表作有《牧歌》《农事诗》《埃涅阿斯记》。

对中古时代的作品，我读得不多。北欧、英国、法国的史诗，我都看了一些，可是不感趣味。它们粗糙、杂乱，它们确是一些花木，但是没经过园丁的整理培修。尤其使我觉得不舒服的是它们硬把历史的界限打开，使基督的英雄去做中古武士的役务。它们也过于爱起打与降妖。它们的历史的、地方的、民俗的价值也许胜过了文艺的，可是我的目的是文艺呀。

使我受益最大的是但丁的《神曲》。我把所能找到的几种英译本，韵文的与散文的，都读了一过儿，并且搜集了许多关于但丁的论著。有一个不短的时期，我成了但丁迷，读了《神曲》，我明白了何谓伟大的文艺。论时间，它讲的是永生。论空间，它上了天堂，入了地狱。论人物，它从上帝、圣者、魔王、贤人、英雄，一直讲到当时的"军民人等"。它的哲理是一贯的，而它的景物则包罗万象。它的每一景物都是那么生动逼真，使我明白何谓文艺的方法是从图像到图像。天才与努力的极峰便是这部《神曲》，它使我明白了肉体与灵魂的关系，也使我明白了文艺的真正的深度。

文艺复兴时期的作品永远给人以灵感。尽管阿比累[1]是那么荒唐杂乱，尽管英国的戏剧是那么夸大粗壮，可是它

① 即古希腊喜剧作家阿里斯托芬。

们教我的心跳，教我敢冒险的去写作，不怕碰壁。不错，浪漫派的作品也往往失之荒唐与夸大，但是文艺复兴的大胆是人类刚从暗室里出来，看到了阳光的喜悦，而浪漫派的是失去了阳光，而叹息着前途的黯淡。文艺复兴的啼与笑都健康！

因为读过了但丁与文艺复兴的文艺，直到如今，我心中老有个无可解开的矛盾：一方面，我要写出像《神曲》那样完整的东西；另一方面，我又想信笔写来，像阿比累那样要笑就笑个痛快，要说什么就说什么。细腻是文艺者必须有的努力，而粗壮又似乎足以使人们能听见巨人的狂笑与嚎啕。我认识了细腻，而又不忍放弃粗壮。我不知道站在哪一边好。我写完了《赵子曰》，它粗而不壮，它闹出种种的笑话，而并没能在笑话中闪耀出真理来。《赵子曰》也会哭会笑，可不是巨人的啼笑。用不着为自己吹牛啊，拿古人的著作和自己比一比，自己就会公平的给自己打分数了！

在我做事的时候，我总愿意事前有个计划，而后去一一的“照计而行”。不过，这个心愿往往被一点感情或脾气给弄乱，而自己破坏了自己的计划。在事后想起自己这种愚蠢可笑，我就无可如何的名之为“庸人的浪漫”。在我的作品里，我可是永远不会浪漫。我有一点点天赋的幽默之感，又搭上我是贫寒出身，所以我会由世态与人情中看出那可怜又可笑的地方来；笑是理智的胜利，我不会皱着眉把眼钉在自己的一点感触上，或对着月牙儿不住地落泪，因此，我很喜欢十七八世纪假古典主义的作品。不错，这种作品没有浪漫派的那种使人迷醉颠倒的力量；可是也没有浪漫派的那种信口开河、唠里唠叨的毛病。这种作品至少是具有平稳、简明的好处。在文学史中，假古典主义本来是负着取法乎古希腊与罗马文艺的法则而美化欧西各国的文字的责任的；对我，它依样的还有这个功能——它使我知道怎样先求文字上的简明及思路上的层次清楚，而后再说别的。我佩服浪漫派的诗歌，可是我喜欢假古典派的作品，正像我只能读咏唐诗，而在自己作诗的时候却取法乎宋诗。至于浪漫派小说，我没读过多少，也不想再读。假若我在十六七岁的时候就接触了浪漫派的小说，我也许能像在十二三岁时读《三侠剑》与《绿牡丹》那样的起劲入神，可是它们来到我眼中的时候，我已是快三十岁的人，我只觉得它们的侠客英雄都是二黄戏里的花脸儿，他们的行动也都配着锣鼓。我要看真的社会与人生，而不愿老看二黄戏。

一九二八年至二九年，我开始读近代的英法小说。我的方法是：由书里和友人的口中，我打听到近三十年来的第一流作家，和每一作家的代表作品。我要至少读每一名作家的“一”本名著。这个计划太大。近代是小说的世界，每一年都产出几本可以传世的作品。再说，我又不能严格的遵守“一本书”的办法，因为读过一个名家的一本名著之后，我就还想再读他的另一本；趣味破坏了计划。英国的威尔斯、康拉德、美瑞地茨[①]和法国的福禄贝尔[②]与莫泊桑，都拿去了我很多的时间。在这一年多的时间中，我昼夜地读小说，好像是落在小说阵里。它们对我的习作的影响是这样的：（1）大体上，我喜欢近代小说的写实的态度，与尖刻的笔调。这态度与笔调告诉我，小说已成为社会的指导者、人生的教科书；他们不只供给消遣，而是用引人入胜的方法作某一事理的宣传。（2）我最心爱的作品，未必是我能仿造的。我喜欢威尔斯与赫胥黎的科学的罗曼司，和康拉德的海上的冒险，但是我学不来。我没有那么高深的学识与丰富的经验。“读”然后知“不足”啊！（3）各派的小说，我都看到了一点，我有时候很想仿制。可是，由多读的关系，我知道摹仿一派的作风是使人吃亏的事。看吧，从古至今，那些能传久的作品，不管是属于那一派的，大概都有个相同之点，就是它们健康、崇高、真实。反之，那些只管作风趋时，而并不结实的东西，尽管风行

---

① 今译梅瑞狄斯（1828—1909），英国作家，代表作有小说《利己主义者》等。

② 今译福楼拜。

一时，也难免境迁书灭。在我的长篇小说里，我永远不刻意地摹仿任何文派的作风与技巧；我写我的。在短篇里，有时候因兴之所至，我去摹仿一下，为是给自己一点变化。（4）多读，尽管不为是去摹仿，也还有个好处：读得多了，就多知道一些形式，而后也就能把内容放到个最合适的形式里去。

回国之后，我才有机会多读俄国的作品。我觉得俄国的小说是世界伟大文艺中的“最”伟大的。我的才力不够去学它们的，可是有它们在心中，我就能因自惭才短而希望自己别太低级，勿甘自弃。

对于剧本，我读过不多。抗战后，我也试写剧本，成绩不好是无足怪的。

文艺理论是我在山东教书的时候，因为预备讲义才开始去读的；读得不多，而且也没有得到多少好处。我以为“论”文艺不如“读”文艺。我们的大学文学系，恐怕就犯有光论而不读的毛病。

读书而外，一个作家还须熟读社会人生。因为我“读”了人力车夫的生活，我才能写出《骆驼祥子》。它的文字、形式、结构，也许能自书中学来的；它的内容可是直接地取自车厂，小茶馆与大杂院中的；并没有看过另一本专写人力车夫的生活的书。

读与写*

——卅二年三月四日在文化会堂讲演

今天要谈的是读书与写作。我只是就自己读了些什么书来谈谈，供诸位的参考，并不想勉强别人照我一样来读书。至于写作，我也是有自己的方法，不希望别人也应照我这样写。而且我很知道自己所写的东西都不大好，决不敢在这儿向诸位作自我鼓吹，说我写的都是文艺杰作。

首先，我想提到读和写的关系。无论我们写小说或戏剧，恐怕最困难的一点就是不容易找到一个决定的形式。譬如我要写一篇小说，可以用第三身来写，说他怎样怎样，也可以用通信的方式来写，还可以用自传的方式来写。这

* 本文原载1943年4月20日《文艺先锋》第二卷第三期。

些便是形式。假如一个人没有读很多书，那么要想写出一篇小说，尽管有极好的材料，因为难想到一个合适的形式，终使这篇小说减色。如果说你只念过《少年维特之烦恼》，于是你便照着这本书的形式来写，或者你只念过《鲁宾逊漂流记》，就照这本书的形式来写，并不想想你这篇小说的内容与这种形式适合不适合，这实在是一件很吃亏的事。要是你书念得多，不用人家告诉你，自己便可清楚，心中这些材料，用何种方式表现得最恰当。

你现在要想写一篇描写自己心理的小说，你顶好用第一身，说我怎样怎样，若是你要描写第二人或第三人的心理，那你就该把你自己不放在里面，而用客观方式详细地来分析他们。这虽是一个浅显的比方，可是除非你书念得多，你就许做不到。书一念多啦，心中有这样一个故事，这样一些思想，马上就能找到一个最好的表现的形式。

有人说，自从有新文学以来，并没有见到多少具有很好形式的小说，如郁达夫先生写了某一种形式的小说，马上有许多人都写郁达夫式的小说，夏衍写了某一形式的剧本，立刻即有许多人写夏衍式的剧本。这种事实我们不否认，其所以有这样的事实，正因为他们书念得少，只好模仿人家的形式，把自己的内容装进去，两者不能相合，结果自然失败。

所以多念书是养成自己判断能力必要的条件，不管新书也好，旧书也好，它总有一贯的道理。从古至今，一本文艺作品流传下来，当然不是偶然的事，我们可以从一本二千年前流传下来的书，来帮助我们判断最近出的一本书。西洋有一句话说："你可看到一本新书出版时，可拿一本老书去念。"这种方法不一定对，假如这样，岂不新书店都得关门？不过这里面也自有一部分真理，就是这些老书里面有它不变的道理存在。譬如美，美的观念是随时代地方而变的，我国在前数十年以小脚妇女为美，现在我们再看见小脚，就觉得那是不美了。美虽然变，然而美是不灭的。从最古的书一直到现在的书，能够流传，必定具有美的因素，若说一本书的文理不通，组织乱七八糟，而能流传五千年，乃是绝对没有的事。

其次，人情是不变的。社会关系变了，人情也变了，比如武松李逵，是英雄豪杰，随便杀人，无半点同情心，在现在的我们看来，便觉得不大人道，我们现在写的小说中的人物不会像《水浒传》中那些人一样，所以人情是随历史社会而变，虽然如此，但这种变化很慢，在五千年前，爸爸爱儿子，今日的爸爸仍然爱儿子，不过方式不同而已！从前的人爱儿子，给儿子抽大烟，因为抽大烟就很老实，躺在烟床上不出去乱跑，现在我们再没有爱儿子给他抽大烟的人了，只是父亲爱儿子，再过一万年两万年，这种心理就是有变化，也变得极慢。

我们看看《书经》，这是一部很古的书，读下去便容易判断这不是一本文艺书，里面没有人情，没有写尧怎样爱他的儿子，舜怎样爱他的弟弟，别的书如《史记》，那就不同，虽则太史公写的《史记》中有的是报告，还有一些年表，可是有的地方写得非常生动活跃，像鸿门宴，及霸王之霸与汉高祖怎样对功臣，都是栩栩如生，能使人感动，便是由于有人情之故。所以人情虽随时代而变，文艺作品中不能缺乏人情，则是一定不变的道理。

思想变得更快，比感情尤甚。孔子时代的思想不是诸葛亮时的思想，诸葛亮时的思想又不是现在的思想，二千年一千年前的《四书》中的思想决不适用于今日，可是我们还高兴去念它，就因书中有它的美和人情，叫你觉得那时候，应当那样思想，就不觉得陈腐。所以汉朝有汉朝的文字，唐朝有唐朝的文字，今日有今日的文字，文字虽在不断地变，所不变的是那一朝代所留下的东西，其文字最足以表现那一时代所要说的话。因此我们知道唐朝有韩愈这些人，宋朝有苏东坡这些人，便在于他们是那时代中最能用文字表现出他们的思想者，这是一定不变的道理。

我们知道了文学的条件，必须有美，有感情，有思想和好文字，则我们越多念书，越能判断什么是好作品，什么是坏的作品，一篇作品能流传，非具有这四种条件，至少具有此四者之大部分条件不可。根据这一意义，我们就可知道何以古代流传下来的书，没有多少的原因，也可以判断今日作品的价值。

我很惋惜在我国社会中文艺的空气太不浓厚，不如欧西各国一样，在欧西各国，每逢出了一本新书，不但报纸杂志上有批评，就是在茶馆里，在一般人家中，大家也都热烈地批评和讨论最近出版的书籍。在我国则不同，遇到某人问他对一本新的著作有何意见，他只能告诉你这本书很好，究竟怎样好，都说不上来，所以今日一本极坏的书，因为没人批评，销路居然很好。要是大家读得书多。自然造成了一种批评的空气，大家敢于批评判断，文艺也才能走上发展的途径。

第三，我们读理论书永远不如读真正的作品，要知道凡是一种理论，都是由作品里面提出来。我们读十本书，书中用“然而”都是这样用法，故我们就知道凡“然而”必这样用，这即是理论。或者我先有一个主见，我是研究社会学的，可以从社会学的观点，来讨论文艺，或你是学美术的，可以从美学方面讨论文艺，这都是由书里面出来，我们可先立下一个原则，然后从书中去找，以证实他的理论，其实这都是空的，理论好像是开的药方，若想以药方焙成灰，用开水喝下去，便可治病，当然不可能，必须按方配药才成，作品就是药。现在社会上很多青年吃了这种亏，他们就要先问理论是什么，自己并没有念过几本书，而高谈理论和做文章的方法，正等于焙药方治病一般。我最头痛的就是遇见青年问我什么叫浪漫主义，什么叫写实主义？我就是花上十点钟来解释，又能有什么用？如果问的人把浪漫派的代表作和写实派的代表作各念了十本，自然可以明白。所以我们应当先念作品，然后再去谈理论。

上面是随便谈谈读与写的关系，现在再说我是怎样去读和怎样去写的一点经过，供各位的参考。

在最初我并没有想到自己要写小说，那时候因为念英文，在街上买了些二角钱一本的英文小说来念，念了后自己也想写点小说，这是写和我的第一次关系。当时所读的是些什么书，现在已不大记得，大概都是如傻爱人等第二三等的小说。因为念的是这种英文，没有给我害怕，我也就敢于有勇气来写，写时当然顾不到形式和技巧。好在英文比中文流畅，句子完美复杂生动，所以我写的东西也在使其流畅活泼就够了！《老张的哲学》即为这一时期的产物。

这本书在现在看来，非常给我惭愧，书的内容好像是有点神经病的人写的似的，要怎样就怎样，没有精密的结构。文字有的地方流畅，有的地方则讨厌，事实内容也是这样，尽管把自己所想到的搁进去，而不加选择。由这本书我得到两个相反的观念：第一，写东西不要急求发表。假如《老张的哲学》能搁一二年再拿出来，便可大大修改一遍，使它不致像现在样子令我脸红。第二，少年时应该有多写的勇气，不然年纪一大，书念多了，就会不敢下笔。这两种相反的意念凑合折衷起来，便是青年人念了几本书，可以不管好坏地写，但是写完了不可立刻想发表，应当多搁一搁，等读的书多，慢慢修改好它，再拿出去。

在这以后，我念书还是没有系统，但因自己外国文能力高一点，所读的书便也较高深，外国的经典文学都有便宜的版本，来便利大家阅读。我选择了这些作品来读，颇有点迷乱，因为它们都是出自各时代各大家的手笔，有的是信笔写成，有的则经过详细的计划，有的是极端浪漫，有的则绝对的写实。叫我怎样来判断其好坏？自己没法来调和，只好随自己的兴致，爱什么就什么，因为我是一个急性人，永远不能订好详细的计划再动手，故对于那些钩心斗角，有多少波折，多少离合的小说，或如布局精密，情节奇离的侦探小说，都不是我所能学的，像这类小说，我就把它们搁在一边，还有描写男女间极端浪漫的小说，或将一件很小的事，把它写得天样大，这都是我所做不到的。我自己是一个穷人，小时候就被衣食钱财压迫着老在地上站着，我想入非非，飞到云里去，我不会，也只好把这类小说放在一边，因为我一天到晚总是在现实生活上，只会写与现实有关的东西。

这时候我特别注意念迭更司的《块肉余生记》[①]《双城记》等，由他的作品中，我就发现了他初期的作品是乱七八糟，写到第三部小说，便找到了一条路线，文句相当完整，也有适当的形式，以后越写越精密，使我理解到写作有进步，必会注意形式。在此时期，我还念了几本法国小说的英译本如《茶花女》等，感到法国文学与英国文学迥然不同，英国人所写的东西，好像一个人穿的衣服不十分整洁，也许有一扣子没有扣，或者什么地方破了一块，但总显得飘飘洒洒，法国人的作品则像一个美女要到跳舞场，连一个指甲都修饰得漂漂亮亮。所以法国的作品虽写得平常，因为讲究形式，总是写得四平八稳，好像杨小楼的戏一样。那些英国二三等小说，则好似海派的武戏，以四十个旋子、六十个筋斗见长。

我有了这样的认识，便决定我不能学的东西就是不读，

① 今译狄更斯《大卫·科波菲尔》。

且知道每一本小说中必定有活生生的人，不是先空空洞洞描述一件事，第三，明白形式的重要。于是我就开始写《赵子曰》，这本书的坏不说，无论如何在形式上是稍微完整一点，前后有一个呼应，自己在开始写的时候，便已想到最末一段，这实在是一种最有把握的写法，因为有了这种计划，前后尽管会有曲折，也不会抵触得很远。这也就是说明多读书的结果，迟早必受影响。

我国的文学作品实在太不发达了，几百年来所产生的好小说极少，有一部《聊斋志异》，便出了许多什么什么志异，有一部唐人小说，也就出了些什么人什么人小说，有一部《红楼梦》，就接着出现《青楼梦》等，仅是这样的模仿，自然是黄鼠狼下刺猬，越下越不对。假若我们能多读些外国作品，眼界一宽，或可免去模仿《聊斋》等之弊了。

写完《赵子曰》，就稍有系统点念书，决定了一个计划，大概有二年都是如此，就是一方面念文学，一方面念历史，从古代史开头，念哪一时代就同时念那时代的文学作品，如念古希腊历史，便同时念古希腊的文学，当然我都是用英文译本来念。这种方法我愿介绍给各位先生，因为我采用这种方法，第一我知道了希腊罗马时代和欧洲中古时代的文艺是什么样，无需再去买一本文学史来念，也就知道文学在历史上的地位是什么。历史总是死的，只能告诉你某一时期怎样怎样，而且所告诉的不过一个简单的结论，文学则不然，他从容地把那一时期的生活方式都写出来告诉你，这样，使你不仅深刻地明白了历史的内容，也知道那一时代文学形式为什么那样的原因。所以现在大学里面专教学生念些世界文学史，英国文学史，法国文学史，结果四年毕业，没有念多少外国文学作品，乃是一种不妥善的方法，必须学生多念些外国原著，才不致流于空洞。我觉得历史好像是一棵树，文学是树上的花，文学史则是树的一枝，我们仅仅从一节树枝来观察整个树，当然所见不完全，正如我们仅知道杏花是蔷薇科一样，是没有什么用的。

我到英国第五年，也就是末了一年，念的多是英国最近的作品，每一大文学家，不能都读完他的作品，也起码挑一两本来念。同时我也开始写第三部小说《二马》。念英国的最近文学作品，有这样一种觉悟，即是那时正在欧战以后，欧洲出了不知多少文学上的派别。譬如我们今日大家在文化会堂相聚，我想创一派就叫文化派，在座的有五十位同志跟我来创造这一派的小说，以求好奇立异，不一定有很好的东西。他们每一派的兴起，差不多就是这样，究竟他们能否在将来立得住脚？谁也不敢说。文学史上告诉过我们，当浪漫派兴起时，一年不知出了多少本小说和剧本，到现在究竟留了下来的有几本？由此可知大多数的都是被牺牲受淘汰了！在欧战结束后不久的欧洲，什么样的小说都有，有的不写人，光写人的眉毛，写了几万字；有的诗没有字，只有划和点，各自逞奇立异，也各有他的理论，然而今日都不再存在。这即是刚才所说的，文艺不断在变，但自有不变的东西，缺少这些不变的东西，不成其为真正的文学作品。所以到这次世界大战前，欧洲的文艺慢慢又恢复了原状，再没人花几万字去描写眉毛，而回到注重形式，有人物，有思想感情的路上去。要是我们看见文学上某一派兴起，就学某一派，则过了十年这派不再存在，我们也就随着没有了。

在《二马》这书中，自己也是上当，因为念到欧战以后的文艺，里面有几本是描写中国，我便写一个中国人怎样在伦敦，结果就变成了一种报告。要知道，报告这种东西，很难成为一种很好的文艺作品。假如你存心要报告某件事，是以为别人不知道。文艺则最好是写谁都知道的事，这才是本事。例如我的家在北方沦陷区，正盼望家信，到晚上想家时一定念出杜甫的“烽火连三月，家书抵万金”的句子，就因这种句子所含蓄的感情为人人所具有。我们写报告，以为这事只有自己知道，乃是轻看了人家的感情思想。其实在文艺上越奇怪的事越不感动人，如在一次空袭中，日本轰炸机不投炸弹，投下了许多豆沙包子，或者有一天在都邮街天空忽然掉下一辆汽车，这种事固然新奇，可是我们报告出来，终不过新奇而已！我们描写空袭，是要道出每一人民内心的愤恨，这才真正有价值。《二马》的失败，便在报告两个中国人在伦敦住着，闹了些什么笑话，立意根本不高，不过这书也有一个特点，即是文字上有了变化，在《老张的哲学》和《赵子曰》两书中，我往往用旧文字来修辞，以为文言白话搁在一块很优美和生动俏皮，到《二马》一书中，因当时北平国语运动盛行，有几位干这运动的朋友写信劝我不要再那样写，要尽量将白话的美，提炼到文字中。因此在《二马》中我极力避免用旧字句，能够有这种成绩，这不能不感谢那几位提倡白话的朋友！同时我还得感谢一位英国先生，他是一位教阿拉伯文学的老教授，一天问我英文书念了哪一些，我老实地告诉了他，他又问我《阿丽丝梦游奇境记》念过没有？这本书是著名的童话，在英国无人不读，我当时还不知道这书，便说我没念过，他就说“那你还叫念英文吗”？回到家中我问房东，这位房东学问也很好，通法文西班牙文等，他说这是一本童话，问应不应念，他说极应念，因为这是最好的英文。可见文字之好并不要掉书袋用典故，于是我明白一篇作品用最浅显的白话文字写出来与用深涩的文字写出来，两者相较，一定是白话文好，而且也很难。我国的四六文章，任何人下点功夫都可写出来，反正只要把典故用上就得。但是要用浅显的白话文来形容一件事，一处风景，可就难了。以远山如黛四个字可描画出遥远的山景，用洋车夫说的话来描写这种景致，便不容易。在英文作品中最好的文字，首推英文《圣经》，（与德文拉丁文《圣经》同为世界三大名译），英文《圣经》的好处就在简明流畅，英国传统的大作家的文字，也都如此。最近林语堂先生在美国这样红，主要的就是他的英文精简活泼。可惜我们许多青年朋友不大注意这些，现成的白话不用，一开头就原野，祖国，写得莫名其妙，我从写《二马》起，便对这方面努力，凡想到一句文言，必定同时想这句的白话，要是白话想不出，宁肯另外作一种说法，总求能够用白话来表达意思，什么祖国原野等名词决不用，您要是发现我在书中有一个，我可给您一块钱！您想想看，我们现在又不是在新加坡，在美国，自己脚踏在自己的国土上，为什么还要叫祖国，这可见是不通。所以我要告诉各位，写文艺时最要注意用白话，那些生硬的文言字句决不能有什么帮助于你。

写完《二马》，我回国了，本来还可以在英国住下去，这次回来却侥幸得很，要不然，我仍在英国，会永远照《二马》的形式写下去，越写必没出息，因为什么，因为那时的英国很太平，我们国内则正是北伐时候。我一到新加坡，即感觉东西洋的空气不同，自己究竟对自己的国家隔阂了，当时国内新文艺已发展到一个高潮，好多作家都用他们的笔来写国家社会的各方面，写的或者不大好，而立意很高，除了一两个专写三角四角恋爱的小说以外，大多数都是想利用自己的文字对世界对国家对社会有点好处，以前我以为只要照英国二三流作家那样，写一点小故事，教大家愉快就可以，一回到新加坡，才明白自己观念的错误，可见读书尽管是读书，生活还更要紧，离开了现实的生活，读多少书也是没有用。

在新加坡停留了一个时期，想写一本华侨千辛万苦开辟南洋的事迹的小说，可是因为生活不够，没写成，第一在那边言语隔阂，华侨不是广东人即是福建人，他们说的都是家乡话，本地土人说的是马来话，言语不通，无法多接近，材料也搜集不到，因此便把原来的计划放弃，改写了《小坡的生日》，这是一个小童话，自己满意之点是继《二马》之后，把文字写得更加浅明，至于像一个童话不像，我就不敢说了。

随后我回到国内，写了一本《猫城记》，这是最失败的一篇东西，目的想讽刺，大概天下最难写的便是讽刺，小小的几句讽刺或者很容易，长篇大套可就费力不讨好。在我国的旧小说中，《镜花缘》是一本不坏的讽刺小说，我这本《猫城记》糟糕得很，本来写讽刺小说除非你是当代第一流作家才能下笔。因为这是需要最高的智慧和最敏锐的思想。我对这些都不够格，当然写得失败了！

写完了《猫城记》，又写《离婚》，用的文字差不多有了定型，结构也比较自然，看去相当有趣味。我看到国内的翻译小说以俄国的为最多，如契诃夫、安得烈夫的形式极完整，有时看去几乎没有形式的痕迹，非有很大的功夫看不出来。我这篇《离婚》虽不是学俄国文学，可是多少总受了点影响。俄国文学不仅形式好，描写也极深刻，如托尔斯泰，他的作品的深度为其他各国作家所没有。英国作家描写一个人，只要描写得漂漂亮亮就差不多，俄国作家则描写得把他的灵魂也表现了出来。我回国后看了不少俄国小说，觉得自己所写的东西分量太轻，虽说这种深度没方法可学到，它是一方面有关于个人的教养，一方面更是有关于民族性。但我不妨以他们的作品作一个借镜。

接着我写《骆驼祥子》，把所知道的一个拉洋车的人的情形写出，结果也没写到多少深，这是由于天才修养的不够，但还可勉强过得去，我也希望能长此保持这种方向往前走，那就是说我的小说给人家一种消遣不算错误，如果能把读者的灵魂感动，那是更好。

到“一·二八”以后，我开始写短篇小说，到如今也写不好。我曾念过不少短篇小说，轮到自己写，却还是感到抓不住要如何才能写好，这是我前面说过的自己没有很细腻的思想；第二，我的文字修养不够，长篇大论还可应付下去，短篇就控制不住。

到了抗战后，我也学着作一点诗，诗是作得根本不成东西，仅仅因为有点机会，我作了比较长的几篇诗。以后不想再写。我在外国读英文诗很少，加以我幼时颇喜欢旧诗，现在作新诗便脱不掉旧诗味。不过写旧诗对于文字训练，有相当好处，我希望作新诗的朋友们，也不妨试一试旧诗，因为旧诗可以告诉你用字行文上一些技巧。您有新诗的天才，加上旧诗的锻炼，那么，您的诗必定可写得更好。

末了，要谈到剧本。我写剧本完全是学习的意思，将来我若出一本全集，或者不应把现在所写的剧本收入，我自己从来少念剧本，即使念得多，也不会写好，因为剧本与舞台关系太深，我缺少舞台的经验，写出的剧本只能放在桌上念，不能适用到舞台上，当然不算好剧本，舞台的一切设备，是一个综合的艺术，不懂得此综合的艺术，剧本自亦无法写好，我希望今后能对舞台艺术多加研究，能多和演戏的朋友接触，同时多读些剧本。否则我再写剧本，怕仍会成为小说式的剧本，十之八九上演就不行。小说的伸缩性本来很大，可以东边说几句，西边扯几句，后头再找补几笔。剧本不然，上来就是戏，时时紧张，不能说演完一幕教观众打瞌睡，再开始有戏，观众早就要退票了。小说的内容好不好，只要思想成，文字美，也可通融，剧本没有这一套，你不能说咱们这戏本并没有戏，只是文字不坏。

学写剧本有一样好处，就是能使自己对文字练得紧凑，通常写小说的常患拉长说废话的毛病，经过写剧本的练习，尽管剧本写不好，再写小说也就懂得怎样使文字简洁明快起来。以前用二十万字才能写好的一篇小说，现在用十万字便能写了！所以我写剧本虽没赚到什么，也没有增加好名誉，但没白费事，得了这样点好处。

还有近年写了点通俗文字。如旧戏大鼓书之类，这也都是练习写作，真正说起来，多少人（连我在内）所写的通俗文字，全不通俗，现在的大鼓书等都已都市化文人化了，真正的通俗文字是茶馆里说评书唱金钱板[①]，或者北平天桥的相声等，才是真正的民间文艺，这些文字才是活的，

① 川、渝两地民间传统说唱曲艺，由一人或数人表演，以打、说、唱、演四种表现形式为主。

虽然粗俗，可是极有力量。关于这点，我还希望到抗战结束后能多下点功夫，写出点真正的民间东西。

今天诸位很踊跃地来听我乱讲一气，我非常感谢，各位要是打算学学文学，请记住多读多写多生活这三位一体的东西。

文学遗产应怎样接受*

对此题，我差不多没有资格插口，因读书太少，复昧于文学理论，姑妄言之而已。

（一）语言：语言是一代传给一代的东西，不能一笔勾销，从新另造。读过去的文艺作品，在明白此语言曾经如何用了而已。言语一代一代的变动，古曰呜呼，今言哎哟，不必强古以律今，今天的人应当说今天的话也。但语言的系统则有定形，且不易变。中国话有“声”，故旧诗词皆调动平仄，以求悦耳动心。今日之诗，可无格式，但平仄排列欠佳，即乏音乐之美。我们要作我们今天的诗，但此诗须有音乐之美，而此音乐之美曾被古人发现并试验过，故不可不知，借作参考。今日之美非昔日之美，但也逃不出

---

* 本文原载1943年4月《文坛》第二卷第一期。

那个圈儿去，因中文还未变成英文也。音韵方面如此，文法方面亦如此，知道一些旧的，好去创作新的；此新与旧原是同根，故不能以桃代李，硬造出另一套也。

（二）思想：古人有古人的思想，今人有今人的思想。今人而作复古之想，只是糊涂，别无是处。今人之思想，必取全人类之最良者，不能夸示家传秘方，敝帚千金。知道了人类思想之最良者，乃能有判断能力，如何去取；读古籍时遂亦有了胆量去批判。如此承受遗产，则能不惑于古，而能取精去粕，为祖先增光。

（三）形式：新文艺之形式，多取法欧西。此后大概还是取法欧西，新诗不会变成《离骚》或词曲，戏剧不会返归元曲，小说也不会再像随笔或笔记。此点要在取法乎上，不必拘泥用国货也。

（四）内容：内容用不着范本，一时代有一时代的事与人，不尽相同也。古人之生活如彼，故说那些事；今人之生活如此，故说这些事。把此点弄清，则对古人所说，如渔人与樵夫共话，各道经验，而不相强。假若读了渊明，就必也“归去来兮”，而忘了今日的人生责任，是渔夫听了樵夫的话，他舍网而持斧，必是两相耽误。

以上所言，盖谓一民族的语言思想有其根源，不可置之不理。但今人是今人，今人讲究一事须以“世界的”为主，故治文艺者亦宜把遗产二字含意扩大，要为世界的文艺遗产之承受者，不可只抱着几本线装书自称家资巨万也。

四,二十五，于东川陈家桥

文艺中的典型人物*

假若文学只是为大学文学系所设的功课，文学便很可怜了。在实际上，文学之所以成为几种必修选修的课目的是学校中不得已的，也是很勉强的一种办法；文学自己并不就是这样。文学的分门研究给予研究一些便利，研究的结果给予对文学的了解一些帮助；文学的生命，可是，并不寄生在研究上。文学生命的营养来自人生，不来自课本与讲义。虽然课本与讲义有种行旅指南的作用，但行旅指南不就是旅行。真正的文学是人生的课本。设若不是这样，文学便失去，也应该失去，它的重要。

所谓人生的课本者，它包括着一切与人生有关系的东

---

* 本文是作者1936年1月20日在山东大学所作学术讲演，据手稿收入。同年1月27日《国立山东大学周刊》第一四二期曾摘登。

西，而其中心是人。人是大自然的良知：图画家给一片山水加以边框，音乐家给声音以解释与意义，科学家替自然找出理由与系统来；同时，文学尽它的所能道出人生的经验。文学，这样，与别种艺术及所有的科学都不同，可是至少与它们有同一的重要。它在复杂的人生里，如画家在不自觉的自然里那样，给人生加以边框。它说：人生是这样。你可以请教一位生物学家，假如你要明白某种生物的情形或能力；你要明白人，你就要请教文学。文学有种任何别的东西所不能给你的，就是它创造出些人来给你看看，它给你些活的标本。这些标本也许像你的哥，或你的朋友，甚至于是你自己。有这样亲切的关系，文学便成了生活上必不可少的东西。你一天到晚的操作，思索，受刺激或发泄感情；但是你不见得明白你自己，更不用说别人了。这也就是你的苦闷之一。文学使你知道什么是人，和人与人的关系；它所给的标本是足以代表一个团体，一个阶级，或一个时代的人物。这个人的思想、信仰、行为、举动都有极可靠的根据，好像上帝另造出一些特别的标准人似的。没有文学的时代是黑暗的时代，因为它没记录下来这标准人来。哲学、心理学、生理学与伦理学等等都能使你明白一些人之所以为人，但是谁也没这种标准人告诉你的这么多，这么完全，这么有趣，这么生动，这么亲切。把人解剖开来讲人，绝不会比把活人放在目前，放在心里，来琢磨更有趣味。活的人是活在社会里，和你我一样。

这种标准人，我们管它叫作典型。自然，文学所包含的不限于讲人，文学的效能与趣味也不都来自讲人；不过讲人的部分是最重要的。自然，文艺作品不能都达到创造出典型来的目的，但这确是个写家都想着与希望达到的目的。

假冒为善是一个典型。严格地说，生活在一个没有自由的社会里，人人都至少有一点假冒为善。社会的拘束是那么多那么沉重，一个人想要成功或想要平安的与众无忤，他得至少在表面上相信别人所信的，与大家一致，不个别另样。人服从社会，社会才容纳人，不假充好人是不行的。可是，文学中的这种典型并不这样泛泛，它有更确定的根据。Tartufe[①]觉得自己有罪，Uriah Heep[②]口口声声说自己微贱。这就有了文章。自贱自责在表面上看来是很好的欺人的工具；再细看看，这正是假冒为善的原因。因为这种人自觉的知道自己卑微，同时没有力量打破那个不平等的社会，所以他们唯一的办法是以假冒为善为个人发展的手

---

① 法国剧作家莫里哀创作的喜剧《伪君子》的主人公答丢夫。在法语和英语里，“tartufe”已成为普通名词，义为“伪君子”“假信徒”。

② 狄更斯创作的小说《大卫·科波菲尔》中的人物赖亚·赫普。

段。他们并不相信什么，除了自己的志愿。他们不相信革命，而是拿他们所恨恶的人改为所羡慕的人，他们要由卑微而达到不卑微的地位，所以自卑自责正是一种巧妙的手段。他们在表面上是乞怜，实际上是用尽力量想打入另一环境而证明自己的本事。他们并不谦卑，他们是觉得自己委屈而应当往高处走，而且纯粹是为自己。因为这个，我们才觉得被这种人骗了的是傻瓜，而这种人本身是坏胎。假若他们不纯为自己，我们几乎就得同情于他们了。不安于卑贱而利用卑贱以期实现个人的愿望者是假冒为善。

不过，假冒为善的得有本事。另有一种骗子是没有本事，而想很容易的，不甚费力的，得到利益或美誉。这种人比假冒为善的还要多，因为不需要什么真本领。正因为没有本事，他们不像假冒为善的那样装出卑微的样子，而是以嘴为战斗的工具。他们非常的会把一个芝麻粒说成太阳那么大。他们死不要脸。因为自己无知，所以他们觉得天下尽可欺也。这种人不一定卑微或贫穷，他们的病根在没本事。他们要是没事做呢，就用嘴去找事；他们有事做呢，就用嘴去做他们的事。在都市生活里这是不可免的，因为都市文化里产生并且收养这种人。在社会正在转变的时期这是不可免的，因为社会动摇使教育失去恰合社会需要的妥定，而人人可以用嘴做事。这种人在文艺里是常见的，而在今日的社会里更多。这叫作humbug，如提倡吃茶救国者即是。

以上的两种，往往是用幽默的笔调写出，可是很少得到读者对这种人的同情。有一种人，像Falstaff[①]，虽然有许多的坏处，可是因为他的幽默而使人爱他。他知道他坏，而且常常自己揭发自己的坏处。这就与前两种典型不同了。他是因为体强心壮，机智与幽默仿佛因精力的充足而自然流露。他能欣赏自己的错处与缺点，因为他十二分明白人生，与人生的种种缺欠与弱点。没有任何东西可以破坏他的自信与自私；假如他遇见阻碍，他能随时发明可以破坏的方法去维持自己。他有天才，有胆气，爱生命，不管道德。他可恶，同时也可爱，因为他不假冒为善，也不屑于做无聊的事。所以他幽默，他可爱。

另一种幽默的人是傻子：唐吉柯德[②]与狄更司的Mr. Peckwick[③]是代表人物。他们简单，真诚，敢浪漫，有理想。他们的行为与举动非常的可笑，可是在这可笑的行动

① 莎士比亚历史剧《亨利四世》中的人物福斯塔夫，是文学史上经典的喜剧人物。

② 今译为堂·吉诃德，西班牙作家塞万提斯创作的小说《堂·吉诃德》的主人公。

③ 匹克威克，狄更斯创作的小说《匹克威克外传》的主人公。

中表现着他们的伟大。他们的真诚与理想使他们成为傻子，而世界上的大艺术家大思想家大科学家都有些傻气。

反之，一个认识自己，深知世故，非常的精明而决不肯冒险的，是极不可爱的人。他遇到自己做错了事的时候，他微笑着反抗社会的道德，因此对别人的错误他也不由道德上去判断，而任着人们遭受所应得的惩罚，他毫无同情心，他老恶意的微笑。他的消极的反抗多于积极的主张，这叫作Cynical。这样的人多是有经验，有聪明，有学识的人。他能看清人情世故，可是任着自己与全人类走向禽兽的世界里去。这种只有破坏而无建设，他的幽默与机智永远是嘲弄与冷笑的。

我们还有好几个典型都是非说不可的，可是时间不允许再作详细的介绍。不过像Hamlet[①]这个典型仿佛无论如何也不应遗漏的，那么我们再略说几句好了。这个典型即通常被称为优柔寡断的。为什么优柔寡断呢？因为他的思想永远和他的欲望相反。他的欲望使他执行，可是理智不帮他的忙，而且阻止他对实际上的执行。他的理智时时在情感正强的时候建议给他：你再想一想，有没有更高更好的办法？他想了，把他要执行的暂时放下。及至想出更好

① 莎士比亚创作的悲剧《哈姆莱特》的主人公。

的办法，临到执行又遇到同样的阻碍。他老要那最理想的，而计划越精密毒辣越使他害怕。他的思索使他的想象走到还没有做的事的旁边去。他恐怖，他着急，他迟迟不决，结果呢，只好疯了。……

这么点极不精到，极不完全的说明，简直不是想说这些典型的本身，而只是粗粗的拿来作些例证，证明伟大文艺中的人物是怎样有社会的、人情的、心理的根据而成。他们使我们明白了人生，从而得到一些极可宝贵的教训，假若我们能反省一下。

大时代与写家*

每逢社会上起了严重的变动，每逢国家遇到了灾患与危险，文艺就必然想充分的尽到她对人生实际上的责任，以证实她是时代的产儿，从而精诚的报答她的父母。在这种时候，她必呼喊出“大时代到了”，然后她比谁也着急的要先抓住这个大时代，证实她自己是如何热烈与伟大——大时代须有伟大文艺作品。

就是在过去的几年中，大时代与伟大文艺的呼喊已经是不止一次了。虽然伟大文艺仍差不多是白卷，但文艺想配合着时代去扩大充实自己的这点勇气与热诚是值得称赞与同情的。

拿今天的抗战比起以前的危患，无疑的以前的大时代

---

* 本文原载1937年12月1日《宇宙风》第五十三期。

的呼声是微弱的多了；无疑的，伟大文艺之应运而生的心理也比以前更加迫切而真诚了。

可是，伟大文艺是否这次不再交白卷呢?

我不敢回答这个问题。是，否，我都不敢说。

我所要做的只是凭着一些过去的事实，来贡献一点意见；即使这点意见不无可取之处，她仍然不过是许多意见中的一个，并不敢自信这就是到伟大之路的唯一秘诀。

在文学史中，我们看到很多特出的写家怎样的在文艺工作之外去活动，莎士比亚写剧本，也拴班子与演戏；但丁是位政客，密尔顿是秘书，摆仑[①]为争希腊独立而死。往近里看，自“五四”后我们所产生的几部较有价值的著作，也几乎都是作家们参加革命或其他实际工作的追忆与报告。于是，我们知道文艺与活动是怎样的密切相关。于此，我们知道等待着伟大文艺的来临是怎样的一种可怜的空想。活动不妨碍想象，而反是想象的培养与滋生。

再往真确里一点说，伟大文艺中必有一颗伟大的心，必有一个伟大的人格。这伟大的心田与人格来自写家对他的社会的伟大的同情与深刻的了解。除了写家实际的去牺牲，他不会懂得什么叫作同情；他个人所受的苦难越大，

① 今译拜伦。

他的同情心也越大。除了写家实际的参加时代所需的工作，他不会了解他的时代；他入世越深，他对人事的了解也越深。一个广大的同情心与高伟的人格不是在安闲自在中所能得到的，那么，伟大文艺也不是一些夸大的词句所能支持得住的。思想通过热情才成为情操，而热情之来是来自我们对爱人爱国爱真理的努力与奋斗，来自我们对一种高尚理想的坚信与活动。在活动奋斗之中把我们的经验加多，把我们的人格提高，把我们的同情扩大。有了这种理想、信心与经验，再加以文学的修养，自然便下笔不凡了。反之，我们只关在屋里，抱着胸中的那一丁点热气，也许遇到一股凉风便颤抖起来了。

专用文字去讨好的方法已经太旧了，要不然八股文也不会死灭。文学既是活东西，她就必须蜕出旧壳，像蜻蜓似的飞动在新鲜空气之中。因此，写家的企图必是想打破旧的方法与拘束，而杰作永远是打破纪录之作。哪里去找此种打破纪录的法宝？体验。把自己放在大时代的炉火中，把自己放在地狱里，才能体验出大时代的真滋味，才能写出是血是泪的文字。这种文字必不会犯脆弱、空洞与抄袭等毛病。崇高的理想使写家立在大时代的前端，热烈的挣扎使他能具体地捉摸住当代普遍的情感；这样，他的思想与感情便足以代表当时的企冀与生活，所以他的著作才能作此时代的纪念碑。正如但丁的《神曲》，不管是上天堂入地狱，其中老有作者的影子与人格。

是的，大时代到了；这是伟大文艺的诞辰，但写家的伟大人格必须与她同时降生。行动，行动，只有行动能锻炼我们的人格；有了人格作根，我们的笔才会生花。

我看见一位伤兵，腿根被枪弹穿透。穿着一身被血、汗、泥，浸透糊硬的单衣，闭目在地上斜卧，他的创伤已不许他坐起来。秋风很凉，地上并没有一根干草，他就在那里闭目斜卧，全身颤抖着。但是，他口中没有一句怨言，只时时睁开眼睛看看轮到他去受疗治没有。他痛，他冷，他饥渴，他忍耐，他等着！

好容易轮到他了，他被一位弟兄背起，走进了临时医疗所。创口洗净，上了药，扎捆好，他自己慢慢地走出来。找了块石头，他骑马式的坐下。一位弟兄给了他一支烟卷。点着了烟，还是颤抖着，他微笑了一下："谢谢！"也许是谢谢那支烟卷，也许是谢谢那些护士与医生，也还许是谢谢他已能在块石头上骑坐一会儿了！他已上了十字架，还要感谢那小小的一点他所该得的照料！

什么样的笔能形容出这种单纯、高尚、坚忍、英勇、温和与乐观呢？什么话也没有，只是"谢谢"！神圣的战争，啊，这位战士是这神圣战争的灵魂与象征。他也许一字不识，单纯得像个婴孩；但是他做到了一切。他是服从着神圣战争的神旨，去受饥寒痛苦；一口香烟喷在面前，他仿佛是面对面地与神灵默语：他牺牲了一切，他感谢一切！在行动中，他的单纯的赤子之心光显了神圣的呼召，证实了我们忍无可忍而挺身一战的牺牲与自信，在牺牲中看见了光明，在单纯中显示了奇迹。

我们怎能了解这样单纯圣洁的战士呢？啊，只有我们也去做些与此类似的事情。我们有千言万语，来自书本，来自理论；真正的战士却做到了一切而一言不发。我们应当道出他所不肯与不会说出来的热情与真纯，这难道还不是可歌可泣的事么？哼！这，岂止是可歌可泣呢！但是我们必须先把我们的理想与信仰施诸实际的行动，我们的心才能跳得与他一样快，我们的笔才能与他的默然和微笑一样微妙与崇高。经验不仅是想象的泉源，她也是坚定我们的信仰与加高我们的热情的火力。全面抗战须全体国民总动员；袖手旁观的是等死，还说什么伟大的文艺？做一分事，便有一分话可说；现在该做的事太多了。写家们！你怎能说出十分的话，而半分事也不去做呢？当你的爱人死去的时候，你晓得什么是悲痛；当你伺候一位伤兵的时候，你明白了什么是英雄。在凄风苦雨之中，你去由战场抬回一位殉国志士的尸身，你便连风之所以“凄”，雨之所以“苦”，也全领略到了。在全民族的苦战挣扎中，事事是前此未有的，事事给予新的印象与刺激；前此一切文章的旧套与陈腔全用不上了，要创作便须在面前的血泪生活中讨取生活；先有了新的生活，而后有创作的新内容与新形式。浮浅的观察是消极的，万物静观皆自得，本是无所动于心，怎能写出动心的文字呢？工作产生热情；我相信，不久那些英勇的战士之中必有会写出一些高伟热烈的文章来的。谁写出好文章也值得钦佩，但是写家——以文艺为神圣事工的写家——岂不觉得害羞？忌妒是没有用的，谁做了事谁便有真的感情与真的言语；写不出什么来的只好自怨自惭为何不及时地做些救国的事情。救国是我们的天职，文艺是我们的本领，这二者必须并在一处，以救国的工作产生救国的文章。朋友们，去做点什么！爱国不敢后人，咱们才有话说。否则大时代的伟大文艺却只有那位伤兵的“谢谢”；我们将永远不能了解这两个字的意义，而我们所写的将永远不着边际。

抗战文艺产自抗战写家，而抗战的事工正自繁多，我们满可以自由去选择与投效。

怎样认识文学*

我们要想批评文学，必先认识文学。

过去一般人往往以为文字就是文学，这是一个极大的误会。这种误会致成的原因，是由于文字是文学的工具，实际讲来，文字与文学悬然不同，最明显的如《康熙字典》《辞源》等等，我们只能说它是些解析文字的书，而不说它是一种讲明文学的书，其他历史哲学等书籍，也不能称为文学书籍，虽然它们都是用文字写的，这是从书籍本身来讲的。再从作者方面来看，那些研究文字者，如研究文法、字意、字形等专家，他们也只可说是研究文字者；而不能称为文学家。那么文学到底是一种什么东西呢？须具备着

---

* 本文发表时署名“舒舍予先生讲，师二王元琏记”。原载1934年12月16日青岛市立李村中学校刊第三期。

什么条件呢？我虽然不敢予文学下一个定义，但可以找出几点特质来，现在让我分述如下：

（一）理智——文学可以启发我们的思想，增进我们的智识，所以说文学是含着理智的成分。文学虽含有理智的成分，但理智并不在最高地位，因为科学哲学才是最可以增进我们的理智的。不过科学书籍是有严格之时代性。例如：我们买物理化学等书，总喜其最近出版者。文学书籍则否，例如：我们去买《诗经》，并不能说要最近出版者，更没有人说要一本白话文的《离骚》。所以在科学书籍中，理智占最重要的成分，因此含有严格之时代性，而文学则不然，由此可见理智在文学中的地位。

（二）道德——文学不只含有理智，而且能提高人格。换句话说，文学不只是告诉人去改造人生，而且告诉我们如何去创造人生，就是告诉我们如何去做人。儒家所说之礼义廉耻几乎把全部文学做成道德的教训。现在很多文学家也都说文学里面含有道德的成分。但事实告诉我们，很多的文学书籍，并没有什么道德的教训，也被称为巨著，而含有大量道德教训的书，也不见得称为什么大作。所以道德也不是文学的主要条件。而且道德也含有时代性，例如：林琴南所译之《黑奴吁天录》，在当时本来是了不得的大作，但现在看起来，并没有什么。这种原因就是由于道德的时代性所致。

（三）感情——我们已经说过，理智道德只是文学组成的原子，而不是文学的最重要的条件。我们所要说的这感情乃是文学的唯一特质。任何书籍，尽管理智道德的价值如何高，但不能激动我们的感情，便算不得真正文学。科学书籍之不能称为文学原因就在此，随时代而转移的原因也在此。《红楼梦》在现在看起来，思想固然很旧，但人们并不因其思想旧而不读，这种原因，就是由于它含有丰富的感情。我们读一首诗，往往为之数读不倦，这就是因为它有丰富的感情。文学里面并没有什么特殊的事情，热闹的事情，但它能使人乐读不厌，这完全是感情的作用。但是感情也可以变动。例如：从前爱缠足，现在爱天足，这就是感情的变动。黑格尔说多少年以后，可以没有文学，也就是人类没有了感情，所以说感情是文学的唯一特质。哲学告诉我们真理，报纸告诉我们事实，因为没有感情的作用，所以不能称为文学。无论哪种书籍，只要它有感情，我们就称它为文学。

从上面看起来，哪是真正的文学创作，我们就可以一见了然了。我们看过《水浒传》以后，合目一想，便似乎有一个黑面大汉手持斧头的李逵，在我们的面前出现。实际上有无其人还是疑问，但读者被感情所冲动，便不顾其有无而确信其实在了，这就是真正的文学作品。

以上理智道德感情，这只可说是文学的内容，其次我们便说到文学的形式：

文学假设只有内容上感情的成分，而没有形式上的艺术的排列，这还算不了真正的文学。譬如：今天你喝醉了酒，觉得感情冲动得了不得，遂提笔写起文章来，结果感情倒是有了，但使人看了觉得乱七八糟，这就是因为缺乏形式上的排列。所谓真正的文学创作，是把你的丰富感情，将一件事的全体，用艺术的手腕，想象的排列出来，使人读了不只是感到内容上的充实，同时并感到结构上的完密。所谓文学上的艺术，是指能在茫无涯际之中，而找出它共同的一点来，这一点的结晶，使人看了能知其描写的所在。所谓想象的排列，是凭着我们的经验，把数种相同事的共同点累积起来，来说明那一件事。譬如我们描写一个体育家，一定要把我们经验里，所有种种体育家的特征，如胸部的挺出，行动的敏捷等等，来描写一个体育家。普通一般人往往以为想象的排列，是闭门造车，这是一个极大的谬误。

总括所说，内容上理智、道德、感情，形式上所谓想象、艺术，都是构成文学的要素。我们拿起一本文学书籍去批评的时候，就是要根据这几点。

最后我敢说，假设今天在座的各位同学，都能照着我所说的去检定一些文学书籍，拿来多读，进一步来多写，那么李村中学是不难出几个文学家的。完了！

论文学的形式*

按着创造的兴趣说，有一篇文章便有一个形式，因为内容与形式本是在创造者心中联成的“一个”；这样去找形式，不就太多了吗？从另一方面看，文学作品，无论东西，确有形式可寻，抒情诗的形式如此，史诗的形式如彼；五言律诗是这样，七言绝句是那样。作者的七绝，从精神上说，自是他独有的七绝，因为世上不会再有这样一首七绝。从形式上看，他这首七绝，也和别人的一样，是四小句，每句有七个字。苏东坡的七绝里有个苏东坡存在；同时，他这首七绝的字数平仄等正和陆放翁的一样，那样，我们到底怎样看文学的形式呢？我们顶好这样办：把个人所具

* 本篇原文1931年2月10日《齐大月刊》第一卷第四期，发表时署名“舍予”。

的那点风格，和普遍的形式，分开来说。前者可以叫作文调，后者可以叫作形式。

文调是什么东西呢？就是每个作家，不论他用的是什么形式，独有的那点作风。内容是他自己的，情调也是他自己的；于是他“怎样想”与别人不同，跟着“怎样写”也便与众有异。这点内容与风趣特异之点，便是文调。苏东坡与陆放翁同作七言绝句，而苏是苏的，陆是陆的，便是因为文调不同的缘故。

文调是人格的表现，无论在什么文形之下，这点人格是与文章分不开的。所以简单的答复什么是文调，也可以应用一句成语：“人是文调”。这似乎比说：“文中宜有人在”，或“诗中须有我”，还牢靠一些。佛郎士Anatole France[①]说：“每一个小说，严格的说，都是作家的自传。”Jules Lemaite[②]说：“……我相信一本书的真正美处是一些亲切的深刻的东西，这些东西不会叫破坏成法、修辞规则与习俗所损伤；一个写家的价格最要的是在他怎样看，怎样感觉，怎样说出；全是他自家的而后乃能超众。”所以我们读一本好小说时，我们不但觉得其中人物是活泼泼的，

---

① 即法朗士（1844—1924），法国作家和文学评论家，代表作有诗集《金色诗篇》，小说《波纳尔之罪》《苔依丝》等。1921年获诺贝尔文学奖。

② 勒梅特（1853—1914），法国作家和批评家。

还看出在他们背后有个写家。读了《红楼梦》和《儿女英雄传》，就看出那两个作家的人格是多么不一样。正如胡适先生所说："曹雪芹写的是他的家庭的影子；文铁仙写的是他的家庭的反面"和"《儿女英雄传》的作者自己正是《儒林外史》要刻画形容的人物；而《儿女英雄传》的大部分真可叫作一部不自觉的《儒林外史》。"这种有意或无意的显现自己是自然而然的，因为文学既是自我的表现，作者越忠诚于表现，他的人格便越显著。凡当我们说：这篇文章和某篇一样的时候，我们便是读了篇没有个性的作品，它只能和某篇一样，不会独立。

美国的褒劳John Burroughs[①]说：

> 在纯正的文学，我们的兴味，常在于作者其人——其人的性质、人格、见解——这是真理。我们有时以为我们的兴味在他的材料也说不定。然而真正的文学者所以能够把任何材料成为对于我们有兴味的东西，是靠了他的处理法，即注入于那处理法里面的他的人格底要素。我们只埋头在那材

① 即约翰·巴勒斯（1837—1921），美国博物学家、散文家，被誉为"美国自然文学之父"。代表作有《醒来的森林》《冬日的阳光》《诗人与鸟》。

> 料——即其中的事实、议论、报告——里面是决不能味得严格的意味的文学的。文学的所以为文学，并不在于作者所以告诉我们的东西，乃在于作者怎样告诉我们的告诉法。换一句话，是在于作者注入在那作品里面的独自的性质或魔力到若干的程度；这个他的独自的性质或魔力，是他自己的灵魂的赐物，不能从作品离开的一种东西，是像鸟羽的光泽，花瓣的纹理一般的根本底的一种东西。蜜蜂从花里所得来的，并不是蜜，只是一种甜汁；蜜蜂必须把它自己的少量的分泌物即所谓蚁酸者注入在这甜汁里。就是，把这单是甜的汁改造为蜜的，是蜜蜂的特殊的人格底寄予，在文学者作品里面的日常生活的事实和经验，也是被用了与这同样的方法改变而且高尚化的。（依章锡琛译文）

“怎样告诉”便是文调的特点，这怎样告诉并不仅是告诉，而是怎样觉得，思想的结果；那就是说作者的全个人格伏在里面。那古典派的写家画家总是选择极高尚的材料，来帮助他的技术，叫人们看了，因材料的高贵而欣赏及技术。自然派的便从任何事物中取材，全以自己的人格催动材料。他个人是在社会里，所以社会一切便都是好材料，无贵无贱，不管美丑，一视同仁。可是描写或绘画这日常所习见的人物时，全凭怎样告诉的手段，而使这平凡的人物成为艺术中不朽的人物，这便是作者个人的本领，个人人格的表现。

这样，我们颇可以从文调上，判定什么是文学，什么不是文学。比如我们读报纸上的新闻吧，我们看不出记者的人格来，而只注意于新闻的真确与否，因为记者的责任便是真诚的报告，而不容他的想象自由运用。反之，我们读，就说杜甫的诗吧，我们于那风景人物之外，不觉的想到杜甫的人格；他的人格，说起来也玄妙，在字句之中也显现出来；好像那一字一句便是杜甫心中的一颤一动；那“无边木叶萧萧下，不尽长江滚滚来”的下边还伏着一个“无边”“不尽”的诗人之心；那森严广大的景物，是那伟大心灵的外展；有这伟大的心，才有这伟大的笔调。心，那么，是不可少的；自己在那里显示图样结构；而后慢慢修正，从字面到心觉，从部分到全体；所以写出来的是文字，也是灵魂。据克鲁司Croce[①]的哲学：艺术无非是直觉，或者说印象的发表。心是老在那里构成直觉，经精

① 今译克罗齐（1866—1952），意大利哲学家，哲学思想深受黑格尔影响。主要著作有《精神哲学》《美学原理》等。

神促迫它，它便变成艺术。这个论调虽然有些玄妙，可是确足以说明艺术以心灵为原动力，而个人文调之所以为独立不倚的。因为天才的不同，表现的力量与方向也便不同，所以像刘勰所说："贾生俊发，故文洁而体清；长卿傲诞，故理侈而辞溢"等等也有一些道理。能作诗而不善于散文的，工于散文而不会为诗的，也是因此。就是那浪漫派作品，与自然派作品，也是心的倾向不同，因而手段也就有别。偏于理想的，他的心灵每向上飞，作品自然显出浪漫；偏于求实的，他的心灵每向下看，作品自然是写实的。以伯拉图、亚里士多德为代表的两种人——好理想的及求实的——恐怕是自有人类以来，直至人类灭毁之日，永远是对面立着，谁也不佩服谁的吧？那么，因着写家的天性不同，写品也就永远不会有什么正统异派之别吧？

文调，或者有许多人想，不过是文字上的修饰，精细的表现而已。其实不是，文调是由创造欲的激发而来的，不是文字技术上的那点小巧。心中有点所得，便这个那个，如此如彼的，把这一点加到无数无名的心象之上，几经试拟，而后得到一个最适当的字来表现这一点。像弗罗贝说："无论你要说什么一件事，那里只有一个名词去代表它，只有一个动字去活动它，只有一个形容字去限制它，最重要的是去找这个名词，这个动字，这个形容字，直到找着为止，而且找着的是比别的东西都满意的。”但是，这决不是说，去掀开字典由“一”部到“龜”部去找字，而是那文艺家心灵的运用，把最好的思想用最好的言语传达出来。普通的事本来有普通的字去代表，可是文学家由他自己美的生活中，把文字另炼造了一回，适足以发表他自己的思想。所以言语的本身并不能够有力量，活泼、漂亮、正确；而是文学家在言语之下给了它这些好处的构成力。那“山高月小，水落石出”本是八个极普通的字，可是作成多么伟大的一幅图画，多么正确的一个美的印象！只有能觉得这简素而伟大之美的苏东坡能写出，不是个个人都能办到的。那构思十稔而作成《三都赋》的左太冲，恐怕只是苦心搜求字句，而心实无物吧。看他的“树则有木兰梫桂杞櫹桐棕枒楔枞”等等，字是找了不少，可是到底能给我们一个美好的图画，像“山高月小，水落石出”，那么简单正确美丽吗？这砌墙似的堆字，不能产出活文学，也足以反证文调是个人人格的表现，不单以修辞为事了。总之，从文字上所看出来的美，决不是文字的本身，而是由特殊情绪中所发生的美之感动而达诸笔端；这美的感动的深浅，便是文学作品的高下的标准。我们在新闻纸上也可以得到使我们喜怒的材料，可是那全因为我们由道德上，实利上，看某件事，判断某件事；不是文字的感动，是事实的切己。

当我们读诗的时候，我们便不这样了，我们是陶然若醉的，被文字的催眠，而飞入别一世界。其实诗中所用的字，与新闻纸上的字，在字典上全是一样的，只因为诗人独有的那点文调使我们几乎不敢承认诗中的字也正是新闻纸上的字了；我们疑心：诗人或另有一部字典吧？是的，诗人是另有一部字典——那熔炼文字的心。

现在我们知道了文调的要紧，以下说文学普遍的形式。

……诏高力士潜搜外宫，得弘农杨玄琰女于寿邸，既笄矣，鬒发腻理，纤秾中度，举止闲冶，如汉武帝李夫人。别疏汤泉，诏赐澡莹。既出水，体弱力微，若不任罗绮！光彩焕发，转动照人。上甚悦。进见之日，奏《霓裳羽衣》曲以导之……

汉皇重色思倾国，御宇多年求不得。杨家有女初长成，养在深闺人未识。天生丽质难自弃，一朝选在君王侧。回眸一笑百媚生，六宫粉黛无颜色。春寒赐浴华清池，温泉水滑洗凝脂。侍儿扶起娇无力，始是新承恩泽时……

想当初废皇唐，太平天下，选丽色，把蛾眉选刷。有佳人生长在弘农杨氏家，深闺内，端的是玉无瑕。那君王一见了，便欢无那！把钿盒金钗亲纳，平拔作昭阳第一花。

上列的三段，第一段是《长恨歌传》的一部分，第二段是《长恨歌》的首段，第三段是《长生殿》中弹词的第三转。这三段全是描写杨贵妃入选的事，事实上没有多少出入。可是，无论谁读过这三段，便觉得出第一段与后两段有些不同的地方。这些不同的地方好像只能觉得，而不易简当的说出来。以事实说吧，同是说的一件事。以文字说吧，都是用心之作，都用着些妙丽的字眼；可是，说也奇怪，读过之后，总觉得出那些"不同"的存在——到底是怎一回事呢？为回答这个，我们不能不搬出一个带玄幻色彩的字——"律动"。

我们往往用"余音绕梁，三日不绝"来作形容。这个绕梁三日不绝的余音，是什么音呢？是火车轮船上汽笛的呜呜么？是牛或驴的吼叫么？不是！那些声音听一下就够了，三日不绝在耳旁噪吵一定会叫人疯了的。那么，这余音必是好的音乐的，歌唱的？是，可是为何单独这点余音叫人颠倒若是呢？这余音到底是什么东西呢？啊，律动！是律动在那里像小石击水的波颤，石虽入水，而波颤不已。

这点波颤在心中荡漾着、敲击着，便使人忘记了一切，而沉醉于其中。音乐如是，跳舞也如此。跳过之后，心中还被那音乐与肢体的律动催促着兴奋。手脚虽已停止运动，可是那律动的余波还在心里动作。那汽笛与牛吼之所以过去便忘也就是它们缺乏这个律动。

律动又是什么东西呢？广泛着一点说，宇宙间一切有规则的激动，那就是说有一定的时间的间隔，都是律动。像波纹的递进，唧唧的虫鸣，都是有规律的，因而带着些催眠力的。从文学上说呢，便是文字间的时间的律转，好像音乐似的，有一定的抑扬顿挫，所以人们说音乐和诗词是时间的艺术，便是这个道理。音乐是完全以音的调和与时间的间隔为主，诗词是以文字的平仄长短来调配，虽没有乐器帮助，而所得的结果正与音乐相同。所不同者，诗词在这音乐律动之下，还有文字的意义可寻，不像音乐完全以音节为主，旁无附丽。所以巧妙着一点说，诗词可以说是奏着音乐的哲学。律动总是带着点魔力的，细细分解开来原是一个音一个音的某种排列，可是总合起来，这种排列便不甚分明，而使人感到一种说不出的快乐；不但心弦跳动，手足也随而舞之蹈之了。那嗒嗒的钟声，不足以使人兴奋，强烈的音声，不足使人快乐，因为这种律动是缺乏艺术化的，艺术中的律动才足以使人欣悦，使人沉醉，就是雕刻与画图那样的死物，也自然有一种调和的律动使我们觉得雕刻的人物，图中的风景，像要跳出来走动似的。原人用身体的动作和呼声，表示他的快感与苦痛，这种动作与呼声，渐渐经过律动的规定，便成了跳舞与歌唱，那就是说有了律动才有原始的艺术，有了律动才能精神与肉体联合起来动作。

明白了律动是什么，我们可以从新去念上边引的三段，念完，便可以明白为什么第一段与后两段不同。它们的不同不是在文字的工不工，不在乎事实的描述不同；是在律动的不一样。第一段的“纤秾中度，举止闲冶”，和“光彩焕发，转动照人”，也都是很漂亮的，单独念起来，也很抑扬有趣。可是，读过之后，再读白居易的那篇，我们便觉出精粗的不同，而明明分辨出：一个是散文，一个是诗，那么，我们可以说：散文与诗之分，就在乎文字的摆列整齐与否吗？不然。试看第三段，文字的排置比第一段还不规则，可是读起来，(唱起来便好了。) 也显然的比第一段好听。为说明这一点，我们且借几句话来，或者比我们自己更能说得透彻：

英国的阿塞儿·西门司说：

考拉儿瑞支Coleridge[①]这样规定：散文是“有美好排列的文字”，诗是“有顶好排列的文字”。但是，并没有理由说明为什么散文不可以是有顶好排列的文字。只有律动，一定而再现的律动，可以分别散文与诗。……散文，在粗具形体之期，只是一种言语的记录；但是，一个人用散文说话，或终身不自觉，所以或者有自觉的诗体（就是：言语简变为有规则的，并且被认为有些音乐的特质。）是较比的有更早的起源。在人们想到，普通言语是值得存记起来的以前，人们一定已经有了一种文明。诗是比散文易于记诵的，因为它有重复的节拍，人们想某事值得记忆起来，或是为它的美好（像歌或圣诗），或因它有用（像律法），便自然地把它作成韵文。诗，不是散文，是文章存在的先声。诗的写出来，直到今日，差不多只是诗的物质化身；但是散文的单存只是写下来的文书而已。

在它的起源，散文不带着艺术的味道，严格地说它永远没有，也永远不能像韵文、音乐、图画那样变为艺术。它慢慢地发现了它的能力；它觉悟出

① 即柯尔律治（1772—1834），英国浪漫主义诗人、文艺批评家。

它将怎么有用处可以炼化到怎样到“美”那里去，它渐渐学巧了，怎么限制它那些无可限制的，远远的随着韵文的一些规则。更慢慢的发展了它自己的法则，可是，因为它本身的特质，这些法则不像韵文那样一定，那样有特别的体裁。凡与文学接触者正如文学之影响于散文，现在散文已据有所谓文学的大半了。

依如贝说：“在诗调里每个字颤旋像美好之琴音，曲罢遗有无数的波动。”文字或是一样的，并不奇异；结构或也一样，或偏于简单，但是，当律动一来，里边便有一些东西，虽然或像音乐之发生，但并非音乐。管那些东西叫作境地，叫作魔力；仍如如贝所说：“美的韵文是发出似音声或香味的东西的”；我们永不能解释清楚，虽然我们能稍微分别，那点变化——使散文极奇妙的变成韵文。

又是如贝说得永远那么高妙：“没有诗不是使人狂悦的：琴，从一种意义看，是带着翅膀的乐器。”散文固然可以使我们惊喜，但不像韵文是必须这样的。况且，散文的喜悦似乎叫我们落在地上，因为散文，域区虽广，可是没有翅膀儿……

韵文是带着翅儿的，是可以唱的，能飞起与能吟唱都在乎其中所含的那点律动，没有这点奇妙律动的便是散文。所以散文韵文之分，不在乎事实的差异，是在把一件事怎样写出来，用散文写杨贵妃的故事，和用韵文写是同样可以使她的事迹明了的，可是二者的感化力便不同了：散文的杨贵妃故事能极详细地述说她的一切，但只限于述说，无论文字怎样美。韵文的同一故事，便不但述说她的事，而且叫我们在得到事实以外，还要读了再读；不但是读，而且要唱、要听；好的散文虽也足以有些音乐的味道，但永远不会像韵文那样完好。严格地说，散文和韵文的分别，只在这点不易形容的律动。有人以为备有韵文的格式韵律才能算诗，其实诗的成立并不在乎遵守七言五言的格式与否，那格式规则完备的未必是诗，那不完备而具有那魔力律动的也不能不算是诗。诗的进步是显然的在那里解除格式规则，同时也是求律动的自由。四言诗后有五言，五言后有七言，最近又有无韵的白话诗，这便是打破格式的进展。可是白话诗是诗，不是白话文，因为它的律动显然与散文有异的。看：

> 黄河远上白云间，一片孤城万仞山。羌笛何须怨杨柳，春风不度玉门关。（王之涣，《凉州词》）

自然是很美了，再看胡适之的《鸽子》:

云淡天高，好一片晚秋天气！
有一群鸽子，在空中游戏。
看他们三三两两，
回环来往，
夷犹如意——
忽地里翻身映日，
白羽衬青天，
鲜明无比！

字句没有一定，平仄也没有规则，用字也不生涩，可是也很好听；就是因为内中的律动还是音乐的，诗的；有了这个，形式满可自由，或者因为形式自由，律动也更自然，更多一些感动力。反之，形式是诗的，像：

无宝无官苦莫论，周旋好事赖洪恩。人能步步存阴德，福禄绵绵及子孙。（见《今古奇观》,《裴晋公义还原配》）

便不能使我起诗的狂喜，不是因为形式有什么缺欠，是因为内中的韵律根本不是艺术化的。只有字数的按格填写，没有文字外的那点音乐。正如中国戏的锣鼓，节拍也是很严密的，可是终不是音乐，只叫人头晕，不叫人快乐。诗与音乐的所以为诗为音乐正在这一些不可形容，捉摸不住的律动。明白了这个，文言诗、格体诗，与白话诗之争也就可以休止了；有好的律动的便是好诗，反之便不是诗；为诗与否根本不在形式，而在这神秘的律动。这并不是说诗中可以全无意义，而只求好听美丽；不是，但我们应当注意：诗是言语的结晶，言语的自然乐音是必要的；专求意高理邃，而忘了这音声之美，便根本不能算诗。假如诗的存在是立于音声与真理之上，那么，音声部分必是最要的。设若我们说："战事无已呀！希望家中快来封信！"这是人人有的心情，是真实的；可是这样一说，说过也便罢了；就是每天这样说，也还是非常的平淡；纵然盼家信心切，而这两句话似乎是缺欠点东西——叫我们落泪的东西，赶到我们一读：

> 国破山河在，城春草木深。感时花溅泪，恨别鸟惊心！烽火连三月，家书抵万金！白头搔更短，浑欲不胜簪！（杜甫，《春望》）

我们便不觉得泪下了。这里所说的“烽火连三月，家书抵万金”，还不就是“战事无已呀！希望家中快来封信!”吗？为什么偏偏念了这两句才落泪？杜甫的真理并不比别人高明，他的悲痛，正是我们所经验的；这不是因为那点催人落泪的音乐使人反复哀吟，随以涕泣吗？大概谁都经验过：遇到大喜欢、大悲痛的时候，并不要说出自家的喜欢与悲痛，而是去找两句相当的诗句来吟念着。因为诗中的真情真理与真言语合而为一，那言语的音乐使真情真理自然的唱出；这样唱出便比细道琐屑详陈事实还具体，还痛快。诗人作诗的时候已把思想言语合成一片，那些思想离不开那些言语，好像美人的眼，长在美人身上，分开来使人也不美，眼也难看了。

言语和思想既是分不开的，诗的形体也便随着言语的特质而分异了。希腊拉丁的诗中，显然的以字音的长短为音调排列的标准，而英文诗中则以字之“音重”为主，中国诗以平仄成调，便是言语特质的使然。中国的古诗多四言五言，也是因为中国言语，在普通说话的时候即可看出来，本来是简短的，字音是简短的，句子也是简短的。为易于记忆，易于歌唱，这诗句的简短是自然而然的。七言长句是较后的发展，并且只是文士的创立体格，民间的歌谣还是多用较短的句法。那七言或九言的鼓词便要以歌唱为业的人们去记忆了。这样，诗既是言语的结晶，便当依着言语的特质去表出自然的音乐，勉强去学仿异国诗格，便多失败。因此，就说翻译是一种不可能的事也不为过甚。只能翻出意思，言语的特质与味道是不能翻译的；而丢失了言语之美，诗便死了一大半！

思想上也足以使诗文的形式分异，那描写眼前一刻的景物印象自然是以短峭为是，那述说一件史事自然以畅快为宜。诗人得到不同的情感，自然找一个适当的形式发表出来，所以：

> 夕殿下珠帘，流萤飞复息。长夜缝罗衣，思君此何极。(谢朓，《玉阶怨》)

是一段思恋的幽情，也便用简短的形式发表出来。那《长恨歌》中的事实复杂，也便非用长句不足以描述到痛快淋漓。

诗是如此，散文也是如此。描写景物的小品文字，便要行云流水的美好简丽，述说史事的便要详密整练。严格地说，文学的形式是言语之特质，与思想之构成，自然而来的结果，有一篇东西便有一个特异的形式，用不着强分多少体、多少格。更严格一点说，只有诗可以算文学作品，无论多么好的散文，不能把言语的特别美好之点尽量表现出来。自然，散文因为不十分讲求形式，可以自由的运用，更适于应用；可是因为求实用便不能不损失了言语的最精彩处。在外国文学中往往把诗分成抒情诗、故事诗、叙事诗等。散文也分成记述文、形容文、讨论文、批评文等。其实这不过是为分别方便，就已有的形式稍为类划；严格地说，文学中只有诗与散文之别，也就够了。

但是这个说法，决不足以服中国文人的心，因为他们最好把那些古东西，翻过来，倒过去地分类，而且颇自傲中国文学的形式比外国复杂完备。我们，因此，也不能不看看他们到底是怎个分类法。

先看《昭明文选》吧，萧统是个很会做目录的，你看他把文类分立以后，还逐类地附以文章内容的标题，如：赋中有京都、郊祀、耕籍、畋猎、纪行、游览、宫殿、江海、物色、鸟兽、志、哀伤、论文、音乐、情等。诗类是也这样，叫人们一望而知所属的文章的内容是什么，是一种很好的排列法。但是他的分类法可有些太繁琐了，他把所选的文分成：

赋、诗、骚、七、诏、册、令、教、文、表、上书、启、弹事、笺、奏记、书、檄、对问、设论、辞、序、颂、赞、符命、史论、史述赞、论、连珠、箴、铭、诔、哀、碑文、墓志、行状、吊文、祭文等类。设若把这些类名专当作分目看，像赋中之分京都、郊祀等，未尝不是很好的事。若是拿它们当文的形格看，便太稚气了。为何不简单地分成应用文，文中的附目有诏、令、教、表等；议论文中附史论、论等，岂不较为清楚？本来这些都是散文，不过是用处不同，故形式笔法亦稍有不同；果然照这样严格地分起来，岂不是应当还要分得更细，以至一文一格，以至无穷吗？

后来，姚鼐的《古文辞类纂》，把文形分为十三类：论辩、词赋、序跋、诏令、奏议、书说、哀祭、传志、杂记、赠序、颂赞、铭箴、碑志。虽然比萧氏的分法简单多了，知道以总题包括细目。可是，这样简化了，便有脱落的毛病，正如林语堂先生所说："……姚鼐想要替文学分十三体类，而专在箴颂赞铭颂奏议序跋钻营，却忘记最富于个性的书札，及一切想象的文学（小说戏曲等）。"再说，这样的分类原为使人按类得着模范，以便摹仿，可是一类中的同样文字便具有不同的形式，又该何取何舍呢？以祭文说吧，《祭田横墓文》和《祭十二郎文》，同是韩愈作的，同是祭文；可是一篇是有韵的，一篇是极好的散文，这又当何所从呢？

曾国藩更把姚氏分类法缩减，成为三门，十一类。他对于选文章确有点卓见，他正和萧统相反，而各有所见。萧是大胆地把不是文学的经史抛开；曾是把经史中具有文学意味的东西提出交给文学。可是他的分类法依然是不巧妙；对论著类他说：著作之无韵者。对词赋类他说：著作之有韵者。这本来是很清楚的，可是到了序跋类，他又不提有韵无韵了，而说：他人之著作序述其意者。以有韵无韵分别，颇有严正的区别；忽然出来个序述其意者，便不是由形式看，而是由内容上看了。这便不一致。他说：传志类是所以记人者，叙记类是所以记事者，典志类是所以记政典者，同是记述文字，而必分清记人记事与记政典之别，分明是叫人便于摹拟，其实凡记述文字都当以清楚详细为主，何必强为界划呢！他的分类法是：

记载门：传志、杂记、叙记、典志。

告语门：奏议、书牍、诏令、哀祭。

著述门：论著、词赋、序跋。

这与姚氏所定，差不多少，而混含不清的毛病是一样的。

我们既不满于这由文章的标题而强为分划的办法，那么，以文人的观点为主，把文学分为主观的、客观的，像：

	（主观的）	（客观的）	（主观的客观的）
散文——	议论文	叙记文	小说
韵文——	抒情诗	叙事诗	戏曲

是不是合适呢？我们在前面曾经说过：文学是个性的表现，描写事物，并不是把事物照下相来，而是把事物在心灵中炼洗过，成为写家自己的产物。这样，完全客观的写物，几乎是不可能的。无论怎样写实，要成为文学，那实在的材料便不能不变为文艺化的。观察自可全任客观，构成时便不觉的成为主观；完全写实，像统计表，算术演草，化学公式，实是实了，怎奈不是文学，这样分别又似乎不妥。

有人又以言情，说理，记事等统领各体，如：诗歌，颂赞，哀祭是属于言情的。议论，奏议，序跋等是属于说理的。传志，叙记等是属于记事的，但是诗歌之中也有记事的，而且许多有名的长诗是记事的，这岂不是又须把诗歌之下，再分为言情的，记事的，等等吗？这似乎又太繁琐了。

这些的分法，不是失之太繁，便是失之太简，求繁简适当，包括一切，差不多是不可能的事。倒是六朝时文笔之分有些道理，因为正合我们前者所说散文与韵文之分。《文心雕龙·总术篇》里说（虽然刘勰不赞成这个说法）：

“今之常言，有文有笔，以为无韵者笔也，有韵者文也。”这似乎倒简当明白，因为散文与韵文是最易区别，而根本有不同之处。散文与韵文之下，任凭你随便分为多少门，多少类都可以；反之，根本不去管类别，而散文韵文之分总是存在的。总之，分类总是先有了创作物，而后好事的人才能按照不同的形式来区分，从而谈论各形式的长短优劣。看了汉高祖的《大风歌》，便说古人有三句之歌。看了荆卿的《易水歌》，便又添多了一个例子，说古人有两句之歌。这样去找例子，越找越多，结果也不过是能向人报告！古人有一句，两句，三句，四句……一百句之歌；这种报告与文学有什么关系呢？有什么好处呢？至多，也不过指出两句的简峭，三句的高壮；这些说法，人人能看出，又何必你来指出呢？

看形式，研究形式，所得的结果出不去形式；形式总不是最要的东西。形式的美，离了活力便不存在。建筑的美是完全表现于形式上的。可是建筑物是最不经济最笨重的美的表现。中国文学（西洋文学也往往有此病）的死板无生气，恐怕是受了这专顾形式的害处，把花草种在精巧的盆子里，然后随手折拗剪裁，怎能得到天然之美呢。中国的图画最不拘形式，最有诗意；而文学却偏最不自由，最重形式，也是个奇怪的现象，解放了粽子形的金莲，或者脚的美才能实现吧？那么，文学也似乎要个“放足”运动吧！

小说里的景物*

在民间故事里，往往拿“有那么一回”开首，没有特别指定的景物。这类故事多数是很可爱的，但显然是古代流传下来的，把故事中独有的姓氏地点全磨去了。近代小说则异于是，故事中的人物固然是独立的，它的背景也是特异的，不但是特异而已，背景在近代小说中实占极重要的地位。它的重要不只是写一些风景东西，使故事更鲜明一些，而是和人物故事分不开的。背景的范围也很广：社会、家庭、村市、时间……都可以算在里边。社会、家庭等等都可放在一个题目之下，形成个地方的色彩。有这个色彩才足以使故事有骨有血，才足以使时代与社会有显明

* 本文发表时署名“舍予”。原载1931年10月10日《齐大月刊》第二卷第一期。

的表现，才足以使故事成为写实的。高果儿 Gogol[①] 的所以为俄国小说的初祖便因为他开始把社会的原素引入俄国文学中。《儒林外史》之所以高于一切旧小说，也正因它有这个鲜明的彩色。到今日而仍写某地某生体的故事者，便是没有明白这一点。

这个地方色彩不仅是随手描写一下，有时候竟自是作小说的动机。试读中国现代短篇小说，最多的是回忆体的作品。他们写作的动机，自然也许是因为对于一个人或一件事的回忆，可是地方与社会家庭景况的追念至少也是动机之一。人们幼时所熟习的地方景物，即一木一石，当追忆起来，都引起热烈的情感，都含有浪漫的意味，是一种苦而甜的追想。正如莫泊桑在《回忆》中说：

> 你们记得那些在巴黎附近一带的浪游日子吗？我们的穷快活吗，我们在各处森林的新绿下面的散步吗，我们在塞因河边的小酒店里的晴光沉醉吗，和我们那些极平凡而极隽美的爱情上的奇遇吗？（李青崖译）

---

① 今译果戈里（1809—1852），俄国作家。

特别在现代，地方的变动很大：二十年前是个僻静的庄村，今日已成为繁华的城市；人们对这种改变，印象特别的深，所谓沧桑之感者是也。许多好的小说是由这种追忆而成的，本内特Arnold Bennett的*The Old Wives' Tale*和*Tales of The Five Towns*[①]便是以追忆为动机的产品。就是那最会创作的迭更司与魏尔斯H.G.Wells[②]，也时常在作品中写出他们少年的经历。就是不完全以此为动机，对于某个地方社会熟习，也就脱不了利用这些作背景。像D.H.Lawrence[③]的用Nothing ham；Joseph Conrad[④]的用地中海与中国海；这种熟习的地方，不但是便于采用，而且真能给一种境界，特别的境界。这个境界叫全个故事都带出特有的色彩，而不能用别的景物来代替。可以说，换了背景，故事也就得改换了；决不是某地某生体作品随便可以改头换面的可比。近来最以地方色彩描写成功的是哈代Thomas Hardy[⑤]，他的著作都附有详细的地图，指示Wessex一切地点。他的风景

---

① 英国作家阿诺德·本涅特的小说《老妇人的故事》和《五镇的故事》。

② 即英国小说家赫·乔·威尔斯。

③ 戴维·赫伯特·劳伦斯。

④ 康拉德（1857—1924），英国小说家，作品多以航海为题材。

⑤ 哈代（1840—1928），英国小说家和诗人，作品多以其家乡韦塞克斯为背景。

与人物的相关——正如Conrad——全是心理上的，往往以地方决定人的运命。在某种地方与社会，便非发生某种事实不可，是不可幸免的，几乎是一种衰颓的哲学论断；因此这种故事便能抓住读者的心灵，叫你随着这个地方景物走，而看到人事的变迁——人始终逃不出这个背景的毒恶，正如蝇之不能逃出蛛网。

至于神秘派的写家，便更重视地点了，因为背景是神秘之所由来。这种背景也许是真的，也许是假的，但是没有这个背景便没有这个小说。Algernon Blackwood①是离不开山、火、风……的。*Bleak House*②（虽然不是神秘小说）便必须有个Bleak House。这种背景有时候显着不很自然，像爱蓝·坡③的，可是那正因为背景重要的缘故。人物是有个性的，地点也是有个性的。这差不多是近代小说中最明显的一个特点。背景的利用不但是为使故事真切，而是心理的、哲学的、艺术的。

我们看近代小说，往往在形容人事之前，先写些风景；这决不是为写景而写景，差不多是一种人事的象征，至少也是要特别加重感情，叫人物与四围的东西全合起来，作

① 即阿尔赫农·布莱克伍德。

② 狄更斯的小说《荒凉山庄》。

③ 今译艾伦·坡。

成个完整的境界。像劳伦斯的《白孔雀》中的描写出殡，先以鸟啼引起妇人的哭啼："小山顶上又起了啼声。"然后看见一个白棺，后面走着个高大不像样的妇人，她高声地哭，小孩子扯着她的裙，也哭。人的哭声吓飞了鸟儿，何等的凄凉！

Conrad的写法便更伟大了，叫我们读了，不知道是人力大，还是自然的力量更大。正如他说："青年与海，好而壮的海，苦咸的海，能向你耳语，能向你吼叫，能把你打得不能呼吸。"是的，能耳语，近代描写的功夫能使环境向你耳语！

这样看来，我们写景，不要以为风景是静止的。前面有活人，后面加上一些死静的山川，只作装饰，像中古的画像，是太不时兴了。我们在作结构时，便应当定好要什么背景。我们要这背景干什么，找不出这"干什么"便不用写。人物像花草的子粒，背景是园地，把这颗子粒种在这园里，它便长成"这园"里的一棵花。所谓地方的色彩，便是叫故事有了园地，叫全故事有了特别的味道。某地某生体的故事也许很有趣，但终是桌上花瓶中的假花；我们所要的是园中的真花。就是随便的一件事，比如说阴天吧，也要与故事相关。同是一个阴天，而阴天下的人的感情是不同的；有的以为阴天正好吃点酒，有的便落泪了。故事所要给的印象是什么？决定了这个，而后去写阴天，阴天对多数人是显着苦闷的，而我偏因为故事中的人物要“过”阴天，而写成阴天是不苦闷的，是可喜的。这样写实在不易，可是唯其如是，才显出本领。环境足以支配人生与否是哲学问题，我们不一定抱着这个道理写；我们只要把环境与人生写成一片；不如是便是敷衍。

写景在浪漫作品中足以增加美的成分，真的，差不多没有再比写景能使文章充分表现美的。但是，我们读了浪漫派的作品，里面有许多好的诗句和描写风景的散文，可是这些地方每每叫我们读过就忘掉；大概谁也有这个经验——读完了一本小说，只记得些散碎的事情；对于景物一点也不记得。这个毛病在哪？在写得太普通了，太成了点缀品了，几乎成了皮簧戏中的“出得门来好天气也”一类的套话了。我们应当知道：天然的美是绝对的，不是比较的。一个风景有一个特别的美，是永远独立的。但这个独立的美只能被艺术家看出；普通的人看泰山也正等于看别的山；在作品中随意的写些风景，不是作者没有艺术的熏陶，便是太不忠诚；那就无怪不能给读者以深刻的印象了。我们永远不会忘了《老残游记》中的“黄河打冰”那段描写，忘不了《块肉余生录》[1]Ham下海救人的那段海

① 即《大卫·科波菲尔》，狄更斯带有自传性的长篇小说。

景。为什么？因为这都不是泛泛的点缀，而是到了那种时候，遇上那样事情与景物，时候事情景物全是特别的，所以写出来便永不会被人忘记。所以与其多写景物，不如少写而集中精力于特别的一点。

在写实作品中，对于景物的真象，不管是美是丑全要照样描写；它的目的在多写环境，而不专求自然之美来帮助美化。但是这样写，设若与人事无关，便近于逐臭。我们应当诚实地写，而尤当注意，这丑恶景物对人生的影响。在那下等妓女所居住的窄巷中，在烟煤充满的码头上，要写出人来，不然便是空虚的。更进一步说，文学是要美的，就是描写丑恶，未尝不可以美，试看近代的大写实作家，特别是俄国的，他们虽然描写丑恶，而文章依然是美好的。他们能变换方法，使丑恶的景物由艺术的手腕下表现出来。我们一掀开柴霍甫[①]的小说集，便知道他是仇恨工厂的，可是看他在《医生的访问》里，他却利用夜间观察一个工厂，工厂不错是丑的，可是经他写出来，是何等的丑而美！丑而美似乎不通，让咱们看看原文吧：

① 柴霍甫（1860—1904），俄国作家，代表作有小说《三姐妹》《快乐的结局》《黑衣僧》《审判》《犯罪》等。

外面是凉快的；已经快天亮了，那五所房子，带着高烟筒、栈房、堆房，清清楚楚在那潮空气中立着，因为是放假的日子，没人做工，窗子都是黑的，只有一处房里火炉还烧着，那里的两个窗子是紫色的；火和烟时时的从烟筒冒出来，院外很远的地方，有些蛙叫，夜莺也正唱着。

写景不必一定用很生的字眼，而在能暗示出一种境地。诗的妙处不在它的用字生僻，而在乎写得具体而真实；简单而有弦外之音。写景是最宜追拟诗境的。“只在此山中，云深不知处。”是诗境的暗示，不用生字，更用不着细细的写。写景既不是作赋，更不是工程师的建造图。我们要用几句话，几句浅显的话，画成一幅图画。看莫泊桑的《归来》：

那海水用它那单调和轻短的浪花，拂着海岸。那些被大风推送的白云，飞鸟一般在蔚蓝的天空斜刺里跑也似的经过；那村子在那向着大洋的山坡里，负着日光。

再看他的《圣米奢屿的传说》：

> 等得我到了阿物郎市，又望见它正对着夕阳。那片沙滩的广阔幅员是红的，那天空是红的，那个不可度量的海湾也整个儿是红的，仅仅只有这座远隔大陆的古寺，它那些险峻得像一堆想象上的楼阁，奇诞得像一所幻境里的宫殿，对着落日的霞光，几乎全是黑的。

这是多么有味，真而且美的描写！我们最怕心中没有一种境地，而生要配上几句，纵然多用些字眼，也无济于事。而且就是真有了一种境地，而不会扼住要点，也还是枝节的叙述，不能见好。因为只求细腻，逐一描写，而没有把它炼成最简美的图画，是适足以招人厌恶的——像Balzac的*Country Doctor*①的开首那种描写。我们观察要详尽，不错；但是设若我们于观察后找不出最精妙的地方，便是和普通人所见一样，不是艺术的。一个邮差知道的地方够多么详细，然而他未必能描写得出那地方的风景。我们不但要进到风景里边去看，也要在外边看。村中一株老树，在村里看，也许一点意思都没有；可是立在村外高处看，这株老树正足以作这村全景的中心；没有它，或者这

① 法国作家巴尔扎克的小说《乡村医生》。

村景便不会那样峭拔，也未可知。我们要在景物里面看、闻、觉；而后在外边去望；这样，或者才会得到一幅整的图画，一个境地。

Conrad给我们一种新方法：他不但叫我们看见景物，也叫我们跟着故事中的人物一同动作，像在*The Logoon*[①]里：

> 掌舵的把桨插入水中，以硬的臂用力摇，他的身子前俯。水高声的碎叫；忽然的那长直岸好像转了轴，树林转了个半圆圈，落日的斜光像火闪照到木船的一边，把摇船的人们的细长而破散的影儿投在河面的各色光浪上。那个白人转过来，向前看。船已经改了方向，和河身成了直角，那船头上雕刻的龙首现在正对着岸上短丛的一个缺口，它慢慢渡进去，碰着上面悬着的树枝，不见了，好像个轻巧的两栖动物离开水，回到在林中的窝巢似的。

河并没有动，岸树也没有动，是故事中的人把船换了方向，而觉得河转了，树也转了。这个感觉只有船上的人能感到，就这么写出来，叫读者身入其境地去"觉"；这不

① 康拉德的短篇小说《泻湖》。

是旁观了，而是读者与故事中的人物合为一体了。这是不以读者方面为定点，而以故事中的人物为定点来感觉四围的景物。这才能深入，才能叫读者分担故事中人物的感觉。

至于以读者为观察的起点，“比拟”是最足以给显明的印象的，但是普通的比拟，适足以叫人讨厌，不如简单的直说较为更有力量。要用比拟，便要惊人。是万不得已而想出来的惊奇的比喻，像以大吕宋烟头的燃烧，比夜间火山口的明灭，才值得一用。一个清楚简单的写景，就是不好，也比勉强求助于修辞强。四六文中的勉强成联作对是不会写出真与美的。

我们还要知道：不善写景，不写也可以成为好的作品。狄福[①]在《鲁滨逊漂流记》中自然是景物逼真了，可是他的别的小说，往往是一直的陈述，并不细说景物，而故事还很真切。他有一种能力，能叫人物的活动，暗中指示出环境来，因之可以不去管环境的描写。这自然是不易学的，但我们应当记住：不善写景，千万不要勉强拉扯上一些死东西作点缀品，善于述说故事的人，专凭事实，不管别的，也能说得很火炽。*Gil Blas*[②]对写景也不甚注意，而故事的

① 今译笛福。

② 《吉尔·布拉斯》，法国作家勒萨日（1668—1747）的流浪汉小说。

真切也足使我们爱不释手，并不觉得缺乏什么。

至于时间，或者比景物更重要，因为叙述一事，有时可以不说环境，而总要有个时间。时间的利用，也和景物一样，因时间的不同，故事的气味也便不同了。特别是在短篇小说里，一定要有个清晰的时间，以增高所要给的印象的力量。有了确定的时间，故事一开首便有了特异的味道，这特异的味道是很要紧的。

故事内所用的时间，长短是不拘的，一天也可以，一年也可以，十年也可以，这全凭故事中的人物与事实而定。不过，时间越长，时间的正确，越须注意。说一个延至几年的故事，而总是春天、冬天，没有夏天，便是很大的缺点。所以利用一个地点，而只在那个地点，住过一季，是不中用的，假如这个地点是被用作长时间的描写的。至少要一年，才能有一个完整的印象。

对于一个特别的时间，也很好利用，像是大跳舞会、赶集、庙会，都是很好应用的。假设我们描写上等社会的人们，开首即利用大跳舞会，便很有势力。反之，描写乡村，而利用庙会，也有同样的力量，依这个道理推测，则一个故事必当有个特别时间来陪衬得更显明有力。对于时间，还可以利用不常见的，比如跳舞会完了，人们已经疲乏，妇人面上的粉也掉了，已经困得不得了，而仍狂吸着香烟，这便很足以反衬起人们的放荡行为，而特别有力。形容一个学生的行为，不必是在上课时，而顶好在课后。简单的说，这可以叫作时间的隙缝。在隙缝之间，人们的真相更显露得清楚。

时间的支配，不必一定一天一天的，也可以跳过去，只说一声冬天，或过了二年，便可以。这样很足以帮助我们只述说重要的事，而不迟疑，不作无谓的述说。假如我要述说两个人的结婚和结婚后有子女的困苦，我便说了结婚，而后说过了五年，他们已有两个小孩，不必结结巴巴的说其中的经过。设若不如此，我们有时很感觉困难。

时间所给的情感，正如风景，夜间与白天不同，春天与秋天不同，这个利用，是很好的，而且不难。说一个贫民，自然是夏天与冬天，比春天好。说一件恋爱故事，自然是春天最好了。这虽然没有一定的规定，而大致可以想到怎样是更巧妙一点的。

唐代的爱情小说*

今天晚上我要讲的是唐代的爱情小说。未讲之前，我要先讲讲小说在中国文学中的地位，以及小说的发展概况。时常听人说，对于研究中国文学的人来说，小说和戏剧是无足轻重的。这种说法确有一定的道理。然而对于欧洲人说来，没有小说戏剧的文学就同没有接吻和格斗的影片一样枯燥无味。假如你们不去认真地研究为什么中国的文学概念与西方的截然不同，而只是简单地认为中国人欣赏不了戏剧与小说之美，那就太武断了。

---

① 据《老舍年谱》，本文是作者1926年在英国伦敦大学东方学院公开讲座的讲稿，1932年以Tang's Love Stories（《唐代的爱情小说》）为题刊发于《济南齐鲁大学》。另据《老舍全集》（17）注，本文是1931—1932学年作者在华北联合语言学院与美国加州学院中国分院联合举办的讲座上的讲演。由马小弥据讲演的英文纪要翻译，胡允桓补译校阅。

小说一词，起源于周朝著名的哲学家庄子。但是庄子所谓的小说，原是“普通语言”的意思，和我们所谓的小说并不是一回事。目前这种概念的小说，是后来才有的。最早对小说一词加以解释的，是班固。他在他的天才著作《汉书》中说：最早开始写小说的，可能是古代的小官吏。他们把各地流传的故事搜集起来，多一半是街谈巷议之事。地位高的人不屑于写这种东西，但有人要写，他们也不加干涉，因为这些东西往往反映了下层人民的看法，有时也值得一看。

班固把小说的作用讲得很清楚。他的意思显然是说，历史学家在史书中列举小说，其目的是研究历史，而不是文学。当然他认为其中有些内容作为历史研究是有用的——比如，当时的民情。所以自汉以来，差不多所有的史书都要列举小说。

纪昀在《四库全书总目提要》中写道：自唐以来，涌现了许多小说作者。许多人写的是搜奇志怪，荒诞不经的神怪故事，使人读了有扑朔迷离之感。不过有的作品确是真才实学之作。因此，既然先人的惯例是不拘一格广泛搜罗图书，我们也不能因为一些书分类编纂得不好，或文笔欠佳，就不把它们考虑进去。

自汉至清所有的历史学家显然也都同意这一观点，他们认为在编史的时候，也不能忽略小说。但是很清楚，他们对小说的文学价值是不感兴趣的。

再看看职业作家对文学这个概念是如何理解的吧。要是去问一个老学究，他一定会毫不迟疑地回答："文学乃传道之文也。"我们现在无法就"道"这个字展开充分讨论，暂时可以把它译作"原则"。唐代最著名的作家韩愈说：学的目的是寻道，文学的目的是释道。与韩愈齐名的柳宗元说道：文学是言道。这一类引语尚可列举许多。《文心雕龙》是学习中国文学的人必读之书，它的主题是解释文学的意义，然而它开卷第一章的题目却是"原道篇"。据称这本书的主旨是分析文学的风格、结构和起源，然而假如我们耐心地从头至尾把它读上一遍，就会发现它根本没有提及小说。中国哲学的根本是道，因此必须严肃认真地对之加以研究。既然文学是传道的媒介，那就必须肃穆庄重。文学不是美的艺术作品，而是仁和德的体现。中国的小说之所以少，就是由于把道学观念放在首位的原故。这是否荒谬可笑，你们自己去判断吧。

要是我们想对唐代的小说作出恰当评价，就必须把上述概念弄清楚。从结构和情节来看，这些小说是极不完备的，写这些小说的人并没有想到要当个职业作家，也不认为写小说是件严肃的事情。当我们阅读这些小说，觉得它立意清新文笔优美的时候，我们不得不赞叹作者的天才，不用付出艰苦的劳动就能写出卓越的小说来。

现在我们来谈谈中国小说的历史发展。虽说从文学的角度来看，小说是无足轻重的，然而若是仔细加以观察比较，就会发现事物还是在不断的发展变化之中。《汉书》上只记载了十五则故事，全部失传。《隋书》增加到二百一十七则，多数得以留传至今。这说明，尽管小说并非正统，然而它还是有所发展的。

为了简而明地说清楚问题，我们可以把中国小说的发展分成三个阶段，即汉以前，汉至唐，唐以后三个时期。

汉以前时期的小说，其实不过是史学家和哲学家在其著作中插入的实例。小说往往采取寓言或讽喻的方式，用以说明特定的问题。例如，在《庄子》一书中，这类故事是很多的。从汉开始，小说才和哲学论文分家。因此汉代在小说史上可以说是初期阶段。不过汉时多志怪小说，到唐代，日常生活才成为通用的题材。在我们看来，这确是一大进步，我们可以从中窥见唐代社会生活的实际图景。

唐以后，小说的写作技巧更趋于成熟，最值得注意的是开始运用口语。用日常的口语来描述日常生活，是一明显的进步。

概括起来，唐以前，小说主要是搜神志怪；唐以后，题材趋于广泛，采用了口语。唐人小说居于承前启后的地位，内容涉及面很广，爱情故事更居于首位。在题材的广泛方面，唐人小说超过了以往，其浪漫的主题也对后世颇具影响。这就是唐人小说在中国小说史上的重要地位。

今晚我要着重讲讲唐代的爱情小说。为了方便起见，我从伦理、宗教、游侠和民间故事等几个角度分别加以阐述。

先讲讲它的伦理观念。一提起爱情，人们往往就想起了婚姻。一想到婚姻，自然就会联系到家庭。中国的文化是建筑在复杂的宗法制度之上的，这一宗法制度极其严酷，势力又大，绝对不容许婚姻自由。换言之，爱情和婚姻是毫无关系的，在安排婚事的时候，爱情必须绝对服从其它方面的考虑。父母之命是至高无上的，包办儿女的婚姻是父母的责任，也可以说是天职，外人无权干涉，子女也不能过问。拒绝按父母之命缔姻，不仅仅是造家庭的反，而且也是跟整个社会作对。在研究唐人小说的时候，我们还能窥见当时青年男女在宗法制度的专制统治下遭受的痛苦。

有两本书，一本是《北里志》，另一本是《教坊记》，内容是颂扬歌伎的，记叙年青书生对她们的钦慕。《北里志》言道：歌伎都住在平康巷。应试的书生和中试候选的人，只要肯多花钱，都可以到平康巷去寻欢作乐。多数歌伎都善于应对，能诗会文。

唐代歌伎实际上都是些受过高等教育的女子。再看看那些文人学士的妻妾，就会觉得，举子们爱逛平康巷是毫不足怪的。正如中国人常说的，那些妻妾往往是“黄脸婆”，多数没有受过教育。歌伎们却知书识字，所以那些文人学士的狂放多少是情有可原的。

著名诗人白居易的弟弟白行简写的《李娃传》是个好例子。这则小说值得详细介绍，恐怕我的简述有失原貌。

汧国夫人曾经是长安的一名歌伎。她的非凡品德和高贵行为值得一叙，因此监察御史白行简决定为她作传。

常州的郑州尹有一子聪慧过人。儿子赴京赶考时，父亲为他备好了车马衣钱，足敷他两年之用。他抵京之后在布政里住了下来。一天他沿鸣柯曲骑行，看到一名少女站在一处住宅的门口，举止迷人。他不由得勒住马，忘记向前走了。他故意把马鞭掉在地上，趁仆人捡鞭之机，他又凝神多看了她一会。她也注视着他，二人心中都充满了温情。但是他没有勇气和她搭话，最后只好遗憾地走了。事后一位朋友告诉他，她是个相当富有的歌伎。他当即便穿起最华美的衣服，前去拜访她。

起初，他告诉她母亲他想在她家租一间房子。那位姑娘进来后，她的星眸玉腕和动人的风度让青年人不敢抬眼去看她。他完全忘记了还要走，一直待到外面响起了打更声。老妇人这时问起他住在哪里，他告诉她“在城外很远的地方”，希望她会请他留下过夜。但她只是说天色已晚，他最好赶快回去，以免犯禁。他说道：“我在城里无亲无友，如何是好？”这时少女提议说，既然他就要成为她家的房客，留宿一夜也不妨，这使他喜出望外。他留心看老妇人会怎么说，但她只是唠叨着“好吧，好吧。”

次日他把全部行装搬进她家。“从我第一眼看到你，”他对姑娘说，“便食不甘味寝不安枕，一心只想着你。”“我也一样。”她回答道。她母亲走过来，看到他们在谈话，便问是怎么回事，他们告诉了她。她只是说：“男女之间总会有情。他们一相爱，对父母的话就置若罔闻了。小女貌丑，我不敢高攀。”但他只是跪下去，说道：“我甘愿作你的奴仆。”

之后，他便在那里住了下来，把应举的事忘得一干二净。他渐渐花空了钱囊，把马匹和其它财物也卖光了。老妇人对他厌烦了，最后设下圈套甩掉了他。他身无长物，只有沦为乞丐。一天他被来京公干的父亲认了出来，给打得半死。所幸被一起行乞的人救起，便继续沿街讨饭。一个雪夜他叫着乞讨，声音凄惨令人耳不忍闻。他的心上人在房中听到他的叫声，便对婢女说：“这一定是郑郎，我听出他的声音了。”她立刻奔出门去，看到他又瘦又脏，简直没了人样。她和他说话，他羞愧得无法回答；只点点头，便昏了过去。她用她的绣襦裹起他，把他搀回她的房间。

母亲十分气恼，想把他赶出去，姑娘却说：“他是好人家子弟，在我们家花光了钱财。你设下圈套甩掉了他，才使他落到这等地步。我会给你一笔钱，足够你二十年吃穿用度，我要跟他走。”老妇人让了步，青年得到了周到的照看。他复元后，她就督促他重温学业，他读书作文直至深夜，她也一直陪他学完才睡。三年苦读后，他金榜题名，官拜成都府参军。赴任前，姑娘对他说：“我让你康复了，也就心满意足了。现在你该娶一位大家闺秀为妻，我要留在这里赡养老母。”他泣不成声地答道：“你要是抛弃了我，我就自杀。”最后她同意送他到剑门。

他在那里巧遇被任命为当地州尹的父亲。父子和解后，他把姑娘的原委全都告诉了父亲。父亲听后深受感动，便备好一切，他们正式成婚了。

很抱歉，为了节省时间，我不得不略掉这则小说的许多精彩部分。从好几个角度看来，这篇小说都是非常有意思的。首先，它大胆抨击了固有的宗法制度；再则，它用庄严的传记体记述了一位歌伎的身世，这也是很不寻常的，因为这种文体一向是只能用于高贵者的。作者说得很明白：

男女之际，大欲存焉，情苟相得，虽父母之命，不能制也。他把父亲的蛮不讲理和姑娘对爱人的忠贞作了强烈对比，对父亲的权威和真正的爱情，作了截然不同的描述。

这类小说不论怎样真挚动人，向来被当作危险读物。反映正统观念的作品，则可以《会真记》为典型。

一位张生与他的远房表妹莺莺有了私情。她不仅美貌无比，而且有文采，通音律。张生撇下她之后，她给他写了一封哀婉动人的信。她写道："去秋以来，我时时心存忧郁。在人前我强颜谈笑，但是回房独处时，却泪流不止。我在梦中常以我的悲苦相告，醒来时才恍然你远在天边。我曾身不由己地对你献上了我的爱，不过我当真时时为自己不能自制而羞惭。假若你对我们的爱情坚持不渝，我将视我的死期为生的开始。不过，如果你现在认定我们的交往是件丑行，背弃了我们的海誓山盟，我只会记着你过去的情分，而忘掉你今天的负义。现在我送你一只玉环，是我自幼佩戴的。玉润质坚，环是循环不止的表记。这就是我们爱情的象征。别了，春风恶，善自保重，勿以我为念。"

张生没有回到她身边，而是另娶新妇。他对朋友们说："这种尤物终是祸水。她们的美貌要么毁掉自己，要么毁掉别人。许多国君就是毁在一些美女之手。我不是国君，除去舍弃她又能如何呢。"听到他这番话的人都以他善改前非而钦敬他。

这篇小说的文字也许是唐代传奇中最优美的。这篇传奇据说是元稹自己的忏悔录。他爱上了一个姑娘，后来变心，抛弃了她。这则传奇中的男女主角都很聪明，在结合之初就看清楚了将来的结局。他不顾一切后果，如痴如狂地爱这个少女。一旦达到了目的，就清醒过来，考虑到底应当牺牲掉这位少女，还是不顾家庭社会的谴责而和她结婚。没有父母之命媒妁之言的私自结合，社会是不承认其有约束力的。张生不具备这些条件，就和莺莺有了私情。那他该怎么办呢？如果他想挽回姑娘的名誉，就须含耻忍辱，为社会所不齿；如果他打算遵守礼教，就必须舍弃姑娘。最后，他决定为了维护他的社会地位而牺牲自己所爱的人。换言之，他为了服从社会传统，不仅放弃了自己的幸福，而且也牺牲了她的幸福，社会为此对他大加赞扬。

姑娘也明白自己的厄运。她对他说：“始乱之，终弃之，固其宜矣。愚不敢恨。必也君乱之，君终之，君之惠也。”她很明白，社会是决不会容许青年人在结婚之前就私行结合的。然而，只要男人肯舍弃那与他有私情的姑娘，社会是容许他有自新的机会的。女人就没有这种机会。无情的重担必须由她来承担。张生的行为会得到人们的赞许，而可怜的姑娘却得不到同情。

五百年后，在这一传奇的基础上，产生了一出戏，即《西厢记》。作者使张生与莺莺结为伉俪，剧以“愿天下有情人皆成眷属”结尾。不幸的是，真的莺莺却无此可能。

人们也许会问：为什么中国不取消这一荒谬的宗法制度，实行婚姻自由呢？为了回答这个问题，我得先谈谈宗教方面的问题。中国的宗教精神和基督教及回教的精神是不同的。有文化修养的中国人，是从哲学或道学观念来看待宗教的，这和欧洲人的宗教观很不相同。没有文化的中国人则不分青红皂白，事事迷信。但以上两类人都迷信命运，并把这种观念运用在婚姻问题上。不幸的婚姻往往归咎于命，而不是父母。要是我们有勇气，可以反抗父母，然而谁敢违抗至高无上的命运呢？因此我们看见的这种消极的逆来顺受的服从，与其说是服从专制的父母，不如说是服从命运更为恰当。抱有宿命论的人一旦感到婚姻不如意，会认为违抗命运也徒劳无益，因而就听天由命，忘却了痛苦。他只看见天堂里闪现着光明，却不去注意现实生活的黑暗。

再举一则月下老人的故事来说明这个问题，出自唐李复言《续玄怪录》的《定婚店》。

一个叫作韦固的人自幼成了孤儿，因此急于成婚，以延续宗嗣。他在去清河的路上，留宿于宋城之南的一家客店里。他遇到一位朋友，朋友想把他介绍给一位致仕在家的老官人，他家有一位姑娘待字闺中。他们约好次日清晨在一座庙门外相见。韦固对这桩婚事迫不及待，就趁着月光来到庙前。他见到一位老叟坐在庙门前的台阶上，倚着一条口袋读书。他看了看那本书，却不认识上面的字，便问老者："那是本什么书？我读书很勤奋，连梵文都认识，却从来没见过你这样的书。"老者带笑回答："这不是这个世上的书，你怎么能读呢？"韦固又问这是什么书，老人告诉他这是一本下界的书。"如果你属于下界，"韦固说道，"又在这里做什么呢？""下界的人掌握着这个世上的人的一切，我又怎能不来这里呢？"老人回答道。随后他解释说他自己就是专管婚姻大事的。韦固马上兴致勃勃地说："你能告诉我我会不会娶那位老官人的女儿呢？我正在这里等候她。""不，"老人回答道，"现时，你妻子才三岁，你要等她长到十七岁才能娶她。看看这条口袋！里面装的是拴系夫妻双足的红线绳。你的两脚已经系到了她的脚上。红线一牵，无论是敌人还是生人，都非成婚不可。"

"我的这位妻子现在哪里？"韦固问道，"我要看看她。""我们就到市场上去，我指给你看。"老人回答。他们一起来到市场，看到一盲目老妪在卖菜，怀中还抱着一个小孩。那小孩又脏又丑，十分可憎，但老人指着她说："那就是你妻子。”韦固一点也不喜欢她的模样，便问他可不可以杀死她，但老人说，那毫无可能，因为她命中有大福。说罢就消失了。

韦固返回旅店，吩咐仆人到市场去杀掉那女孩。仆人执行主人的命令，刺了女孩一剑，立即逃离市场。十四年后韦固当了州丞，州尹招他为婿。新娘年轻貌美，韦固十分满意。但她总在眉间佩着蝶形饰物，即使在沐浴时也从不摘下。在丈夫追问下，她才告诉他，她父亲本是宋城的州尹，在任上去世，留给她的只有一间小屋和一个老乳母。老乳母卖菜为生，把她带大。她说，她三岁那年被一个疯子刺了一剑，伤在眉间。因为留有伤疤，她便用饰物来掩盖。只是在几年前，她叔父才找到她并过继为女。

韦固听后便问老乳母是不是盲人，妻子答是，又问他是怎么知道的。他讲出事情的始末后，她惊诧不已。后来，她儿子当了太原州尹，她也成了命妇。

由此可见，命运是无法违抗的。月下老人、神奇的红线和姻缘簿——中国旧式婚姻的各种要素都齐备了。终身大事要由虚无缥缈的神来主宰，青年男女必须规矩就范。服从长辈的意旨有时是难以忍受的，然而服从命运的安排也许能使人释然。从农夫到哲学家都信命，安于天命。中国人的与世无争，其基本原因就是对命运的驯服。从哲学观点看来，命运如一条载着生命前进的长河，随波逐流最是轻松愉快。从西方的观念看，这样做缺乏勇敢进取的精神，有时还会使人怯懦。

再看看宗教信仰的另一个方面。道教当然是中国最强大最普遍的宗教。它没有具体的教派组织，相当愚昧。法术、星相、符咒、占卜以及各种迷信活动，应有尽有，也因而广有群众。这些迷信成分当然也会反映在一般的文学中。因而当我们研究这类爱情故事的时候，就必须同时从宗教观点和心理观点来加以分析，因为写这类传奇的作者决不会仅仅为了描写爱情而来写它。当然，他们有时也会不自觉地流露出他们的心愿。比较原始的宗教普遍相信轮回转世之说，然而为什么狐狸会变美女，鬼怪会变美少年呢？为什么不变成可派实际用场的牛马呢？显然不幸的狐女和美少年更切合人们的想象。人们得不到婚姻自由，却想要逃避这种难以忍受的现实。青年男子不许擅自与少女交往，却可以驰骋想象力，邀请美丽的狐仙和妖冶的鬼女来赴宴。这样做在经济上也是很节省的，歌伎价昂，比用来写神仙故事的纸笔贵多了。

这一类传奇还有长孙绍远的故事可以为例。一天他走在从陈到蔡的路上。晚上他听到一阵琴声，便停下脚步。他循声找去，透过窗户看到一名少女正在专心致志地抚琴。

他想过去和她攀谈，但她只顾继续弹奏。最后她面露微笑，低吟起歌词。青年才鼓起勇气走过去向她致意，少女十分和蔼可亲。室内摆满华丽的家具。一名婢女摆下了一桌珍馐佳肴，姑娘仍为不周致歉。他们举杯共饮，酒过数巡，她为他唱歌。他留下过夜，拂晓之前，她满含热泪与他话别，并送给他一只金钿盒作为礼物。“恐怕我们断难再见了，”她说，“但你见此盒如见妾身。”他起身上路，但尚未走出百步之遥，回首看时，只见房屋已变成了一座小冢。他哀伤地再看钿盒，上面却蒙满尘土，原来是死者之物。

现在我们来谈谈中国人对恋爱的看法，我所谈的恐怕会让我的听众失望。关于男主角如何如痴如狂地向女主角求爱，欧洲小说往往有生动的描写，而美国电影又往往过分渲染。真正的爱情往往是波澜起伏的，必要时需要采取侠义行动。然而中国的情人处在同样地位又作何举动呢？请看下面的例子就可以知道了。

这是《无双传》王仙客的故事。

一位叫王仙客的青年有一表妹刘无双，她秀外慧中，才貌双全。王母代子向女父求婚。女父虽然当面允诺，日后却又反悔。王母辞世后，仙客亲去再次求婚，但仍未成功。他虽然失望，但对舅父殷勤依旧，希望能赢得他的欢心。一天，舅父匆匆回家对王说：“发生了兵变，天子已离宫出走。如果你能帮我逃走，你就可娶无双为妇。”这使王兴奋不已。他打点好舅父的金银细软，运到一处秘地，等待舅父前来会合。天黑后仍不见舅父到来。王返回城里，发现城门紧闭。他问守门军士城里发生了什么情况，军士告诉他大将军已经登基，刘（他舅父）已下狱。王听后落下了眼泪，匆忙回到藏物之处，希望无双和舅母还能来到。

半夜时分他听到军士在四下搜查的声音，抓到从城中跑出的人便加以处罚。他只得抛弃舅父的财物，只身逃命。三年后他听说乱事已平，京城恢复了秩序，便出发去打探心上人的下落。他找到了她家的老仆塞鸿和一名婢女采苹，他们告诉他，他舅父已被处决，无双被抓到宫中为婢。

王找到一所房子和塞鸿及采苹住了下来，但他心中悲痛不已。塞鸿催促他谋个官职，以便分散一下精神，他觉得老仆一片诚心，便当了长乐驿丞。一天有消息说驿站要来三十名宫女。王想无双或许就在其中，老仆却对他说：“宫中侍女上千，这三十人中不见得有她。”王仍说道：“你还是去看看吧，给她们端茶时留心看着点，一时也别离开。要是发现了什么情况，马上回来告诉我。”于是塞鸿便去了，但由于所有的宫女都隔在帷帐后面，他没法辨认她们，只能听到她们的笑声和闲话声。时至半夜，他还在清理茶具，不敢去睡，突然听到有人叫：“塞鸿，塞鸿，你怎么知道我在这儿？”那正是无双的声音。“我老爷要我来的，”老仆回答道。姑娘抽泣着说：“明天我走以后，你会在东北角的房间里的枕头下找到一封信。你把信交给你老爷。”说罢她就走开了，老仆听到帷帐后面一阵响声，有人叫道：“她昏过去了，她昏过去了。快去禀官叫郎中来。”他想那一定是无双，便赶回去，告诉他的主人这一切。

青年这时急于见到心上人，按照塞鸿的主意，他扮成巡桥官，看着驿车通过。他泪挂双颊，满心悲哀地回到家中，塞鸿把她留下的信交给他。她在信的结尾处写道：“我听说富平县的古押衙是个侠义的人。去请教他你该怎么办。”王便辞去驿丞之职，去找押衙。王和他交上朋友，还送了厚礼，只是迟疑着没敢说明真正的用意。一年过后古终于说：“我不过是个退休的老卒，担当不起你对我的一片好意。我知道你是有求于我，你只是没有开口罢了。你要是告诉我，我乐于舍命报答你的恩情。”王便跪下去对他讲出了真相。古听完之后说道：“这事不好办，你耐下心来，我一定尽力而为。”

又过了半年，一天王听说一名宫女被处死了。人家说那宫女就是无双，他流着泪说：“我原本希望古押衙能给我帮忙，如今她却死了。我该如何是好？”

当夜，他听到急促的敲门声，跑去开门一看，原来是古押衙，还背着一个大包袱。“这里是无双，”押衙说，“给她些汤水，她就会没事了。”他照着做了，姑娘苏醒过来。这时古便讲起他听说茅山道士有一种神奇的药丸可以让人假死三天，到第三天自会活过来。他施了一点计谋，把药送进宫中让无双吃下，然后买通宫吏，得到了她的“尸首”。

“现在，”他说，“你们要马上逃走。我已经备好了你们所需的一切。”他说罢就拔刀自刎了。王埋葬了他的尸体，便携着无双奔往西蜀，在那里幸福地终老一生。

唐代传奇中这一类的故事还很多。情人们遇到无法解决的困难时，就会出现有超人本领的英雄，救了他们。而他们自己则无须进行斗争。乍一看，这仿佛是胆小无能，其实不过是顺应传统。中国的教育思想是要训练青年成为人上人，温良恭俭让。勇敢的将军不过像条狗，它的主人才是温文儒雅、有帝王之相、哲人风度的淳淳君子。在英雄故事里，多数英雄都是忠顺的奴才或头脑简单之辈，出身也比较卑微。因此中国爱情故事里的英雄往往不是恋人们自己，而是助情人们摆脱困境的局外人。

最后我还要举一则故事为例，这类故事最值得注意的地方是它吸收了神话和民间传说的内容。这类故事你们一看就会明白。

以妒妇河的故事为例。

临清有一条河叫妒妇河。传说在晋朝泰始年间有一个名叫刘伯玉的人，娶妻段氏，是个出名的妒妇。一次他给她背诵《洛神赋》，对她说：“我若娶妻如她，也就心满意足了。”他妻子听后大为气恼。“你竟敢爱慕女神的美貌来羞辱我，”她说，“我死后一定要作女神。”当夜她便投河自尽。七天之后她在丈夫的梦中显灵。她说：“我原想作女神，如今如愿以偿。”刘醒来之后，再也没胆量过那条河了。不仅如此，妇女要想过段氏自尽的那条河，都得取下首饰，穿上破衣，否则河中就要掀起风浪。不过，丑妇倒可以浓妆艳抹地过河，绝不会遇到风浪。因此，女人过河时如果没有风浪便会十分懊丧，因为这显然是她们长得不美，引不起河中女神的妒意。于是，那些指望人家赞美的丑妇也就摘掉首饰，脸上也不施脂粉。由此便有了这样的民谚：“若想娶美妻，去到河边立，且看渡河女，便可知端的。”

最后，我还想就唐人小说的语言文字，以及这些小说对后世作品的影响再略谈几句，结束我的讲话。

我想打个比方，唐朝有如一位站在东方文化之中的美女。从唐诗，我们可以窥见她柔美胸中的美丽幻梦。唐代的爱情小说则更接近于实际生活。小说的作者都是有名的诗人学者，有能力栩栩如生地描述他们的生活环境。简言之，他们能绘出一幅极其美丽动人的图画。语言文字也十分优美，即使我们认为情节过于单薄，结构也略嫌松散，但是它的语言文字在中国文学中将永放异彩。

唐代无疑是中国的浪漫时代。几乎所有的小说题材后来在元、明时代都被剧作家采用，作为构思戏曲的素材。从结构方面看，当然戏曲比唐代小说更加精练动人，然而不能忘记这些戏曲的灵感确实来自唐人小说。

为了充分说明我的主题，按理说应有更充分的时间加以展开。我想我今天能做到的，只是告诉你们从各个角度看来，唐人小说都是值得注意的。

怎样读小说*

写一本小说不容易，读一本小说也不容易。平常人读小说，往往以为既是“小”说，必无关宏旨，所以就随便一看，看完了顺手一扔，有无心得，全不过问。这个态度，据我看，是不大对的。光阴是宝贵的，我们既破工夫去念一本书，而又不问有无心得，岂不是浪费了光阴么？我们要这样去读小说，何不去玩玩球，练练武术，倒还有益于身体呀？再说，小说之所以能够存在，并不是完全因为它“小”而易读，可供消遣。反之，它之所以能够存在，正因为它有它特具的作用，不是别的书籍所能替代的。化学不能代替心理学，物理学不能代替历史；同样的，别的任何书籍也都不能代替小说。小说是讲人生经验的。我们读

---

* 本文原载1943年3月10日《国文杂志》第一卷四、五期合刊号。

了小说，才会明白人间，才会知道处身涉世的道理。这一点好处不是别的书籍所能供给我们的。哲学能教咱们“明白”，但是它不如小说说得那么有趣，那么亲切，那么感动人，因为哲学太板着面孔说话，而小说则生龙活虎的去描写，使人感到兴趣，因而也就不知不觉地发生了潜移默化的作用。历史也写人间，似乎与小说相同。可是，一般地说，历史往往缺乏着文艺性，使人念了头疼；即使含有文艺性，也不能像小说那样圆满生动，活龙活现。历史可以近乎小说，但代替不了小说。世间恐怕只有小说能源源本本、头头是道地描画人世生活，并且能暗示出人生意义。就是戏剧也没有这么大的本事，因为戏剧须摆在舞台上去，而舞台的限制就往往教剧本不能像小说那样自由描画。于此，我们知道了，小说是在书籍里另成一格，也就与别种书籍同样地有它独立的、无可代替的价值与使命。它不是仅供我们念着“玩”的。

读小说，第一能教我们得到益处的，便是小说的文字。世界上虽然也有文字不甚好的伟大小说，但是一般地来说，好的小说大多数是有好文字的。所以，我们读小说时，不应只注意它的内容，也须学习它的文字：看它怎么以最少的文字，形容出复杂的心态物态来；看它怎样用最恰当的文字，把人情物状一下子形容出来，活生生地立在我们的眼前。况且一部小说中，又是有人有景有对话，千状万态，包罗万象，更是使我们心宽眼亮，多见多闻；假若我们细心去读的话，它简直就是一部最好的最丰富的模范文。反之，假若我们读到一部文字不甚好的小说，即使它有些内容，我们也就知道这部小说是不甚完美的，因为它有个文字拙劣的缺点。在我们读过一段描写人，或描写事物的文字以后，试把小说放在一边，而自己拟作一段，我们便得到很不小的好处，因为拿我们自己的拟作与原文一比，就看出来人家的是何等简洁有力，或委宛多姿。而且还可以看出来，人家之所以能体贴入微者，必是由真正的经验而来，并不是先写好了“人生于世”而后敷衍成章的。假若我们也要写好文章，我们便也应该去细心观察人生与事物，观察之后，加以揣摩，而后我们才能把其中的精彩部分捉到，下笔如有神矣。闭着眼瞎想是写不出来东西的。

文字以外，我们该注意的是小说的内容。要断定一本小说内容的好坏，颇不容易，因为世间的任何一件事都可以作为小说的材料，实在不容易分别好坏。不过，大概地说，我们可以这样来决定：关心社会的便好，不关心社会的便坏。这似乎是说，要看作者的态度如何了。同一件事，在甲作家手里便当作一个社会问题而提出之，在乙作家手里或者就当作一件好玩的事来说。前者的态度严肃，关切人生；后者的态度随便，不关切人生。那么，前者就给我们一些知识，一点教训，所以好；后者只是供我们消遣，白费了我们的光阴，所以不好。青年们读小说，往往喜爱剑侠小说。行侠仗义，好打不平，本是一个黑暗社会中应有的好事。倘若作者专向着“侠”字这一方面去讲，他多少必能激动我们的正义感，使我们也要有除暴安良的抱负。反之，倘若作者专注意到“剑”字上去说什么口吐白光，斗了三天三夜的法而不分胜负，便离题太远，而使我们渐渐走入魔道了。青年们没有多少判断能力，而且又血气方刚，喜欢热闹，故每每以惊奇与否断定小说的好歹，而不知惊奇的事未必有什么道理，我们费了许多光阴去阅读，并不见得有丝毫的好处。同样的，小说的穿插若专为故作惊奇，并不见得就是好作品，因为卖关子，耍笔调，都是低卑的技巧；而好的小说，虽然没有这些花样，也自能引人入胜。一部好的小说，必是真有的说，真值的说；它决不求助于小小的技巧来支持门面。作者要怎样说，自然有个打算，但是这个打算是想把故事如何表现得更圆满更生动更经济，绝不是多绕几个圈子把故事拉得长长的，好多赚几个钱。所以，我们读一本小说，绝不该以内容与穿插的惊奇与否而定去取，而是要以作者怎样处理内容的态度，和怎样设计去表现，去定好坏。假若我们能这样去读小说，则小说一定不是只供消遣的东西，而是对我们的文学修养，与处世的道理，都大有裨益的。

谈读书*

我有个很大的毛病：读书不求甚解。

从前看过的书，十之八九都不记得；我每每归过于记忆力不强，其实是因为阅读时马马虎虎，自然随看随忘。这叫我吃了亏——光翻动了书页，而没吸收到应得的营养，好似把好食品用凉水冲下去，没有细细咀嚼。因此，有人问我读过某部好书没有，我虽读过，也不敢点头，怕人家追问下去，无辞以答。这是个毛病，应当矫正！丢脸倒是小事，白费了时光实在可惜！

矫正之法有二：一曰随读随作笔记。这不仅大有助于记忆，而且是自己考试自己，看看到底有何心得。我曾这么办过，确有好处。不管自己的了解正确与否，意见成熟

---

* 本文原载1960年12月11日《文艺报》第二十三期。

与否，反正写过笔记必得到较深的印象。及至日子长了，读书多了，再翻翻旧笔记看一看，就能发现昔非而今是，看法不同，有了进步。可惜，我没有坚持下去，所以有许多读过的著作都忘得一干二净。既然忘掉，当然说不上什么心得与收获，浪费了时间！

第二个办法是：读了一本文艺作品，或同一作家的几本作品，最好找些有关于这些作品的研究、评论等著述来读，也应读一读这个作家的传记。这实在有好处。这会使我们把文艺作品和文艺理论结合起来，把作品与作家结合起来，引起研究兴趣，尽管我们并不想作专家。有了这点兴趣，用不着说，会使我们对那些作品与那个作家得到更深刻的了解，吸取更多的营养。孤立地读一本作品，我们多半是凭个人的喜恶去评断，自己所喜则捧入云霄，自己所恶则弃如粪土。事实上，这未必正确。及至读了有关这本作品的一些著述，我们就会发现自己的错误。这并不是说我们应该采取人云亦云的态度，不便自作主张。不是的。这是说，我们看了别人的意见，会重新去想一想。这么再想一想便大有好处。至少它会使我们不完全凭感情去判断，减少了偏见。去掉偏见，我们才能够吸取营养，扔掉糟粕——个人感情上所喜爱的那些未必不正是糟粕。

在我年轻的时候，我极喜读英国大小说家狄更斯的作品，爱不释手。我初习写作，也有些效仿他。他的伟大究竟在哪里？我不知道。我只学来些要字眼儿，故意逗笑等等“窍门”，扬扬得意。后来，读了些狄更斯研究之类的著作，我才晓得原来我所摹拟的正是那个大作家的短处。他之所以不朽并不在乎他会故意逗笑——假若他能够控制自己，减少些绕着弯子逗笑儿，他会更伟大！特别使我高兴的是近几年来看到些以马克思主义文艺观点写成的评论。这些评论是以科学的分析方法把狄更斯和别的名家安放在文学史中最合适的地位，既说明他们的所以伟大，也指出他们的局限与缺点。他们仍然是些了不起的巨人，但不再是完美无缺的神像。这使我不再迷信，多么好啊！是的，有关于大作家的著作有很多，我们读不过来，其中某些旧作读了也不见得有好处。读那些新的吧。

真的，假若（还暂以狄更斯为例）我们选读了他的两三本代表作，又去读一本或两本他的传记，又去读几篇近年来发表的对他的评论，我们对于他一定会得到些正确的了解，从而取精去粕地吸收营养。这样，我们的学习便较比深入、细致，逐渐丰富我们的文学修养。这当然需要时间，可是细嚼烂咽总比囫囵吞枣强得多。

此外，我想因地制宜，各处都成立几个人的读书小组，约定时间举行座谈，交换意见，必有好处。我们必须多读书，可是工作又很忙，不易博览群书。假若有读书小组呢，就可以各将所得，告诉别人；或同读一书，各抒己见；或一人读《红楼梦》，另一人读《曹雪芹传》，另一人读《红楼梦研究》，而后座谈，献宝取经。我想这该是个不错的方法，何妨试试呢。

编后记

老舍是中国现代文学史上具有重要地位的作家，也是中小学生十分熟悉和喜爱的一位作家。对于一位创作者来说，读书和写作是两项最主要的工作。老舍在文学创作之余，还写了大量谈写作经验和阅读经验的文章。人民文学出版社2008年出版的《老舍全集》共有十九卷，其中小说八卷，戏剧四卷，文论三卷，散文杂文两卷，诗文一卷，日记佚文等一卷。谈写作和阅读的文章全部在三卷文论中，除去文学概论讲义、工作报告和译文，大部分文论是谈写作方法、创作经验、文学观念、自己的阅读史和阅读经验，粗略统计数量有五六百篇之多，写作时间从二十世纪三十年代到持续到六十年代，其中绝大部分文章曾经在报刊上刊发过，出版专书的，则有创作经验集《老牛破车》《福星集》《小花朵集》《出口成章——论文学语言及其他》等。

从执教经历来看，在成为职业作家之前，老舍有多年从事国文教学、文学教学的经历。14岁考入北京师范学校，19岁毕业后担任北京方家胡同小学校长，23岁任天津南开中学国文教师。25岁到30岁在英国伦敦大学教授中文，在英国期间，曾用英文在东方学院作“唐代的爱情小说”的公开讲座。31岁从英国回国，先后在齐鲁大学、山东大学担任文学教授，讲授的课程有文学概论、文艺批评、小说作法、世界名著研究等。教学工作在多大程度上促使老舍思考相关问题并撰写成文，这里暂不做判断。总而言之，我们从这些文论中，可以读到老舍堪称文学评论家和语文教育家的一面，应该说老舍在这些文章里贡献了他作为一个勤奋的创作者和阅读者的最切身的方法、经验。

一

按照内容，我们大致可以把老舍谈写作和阅读的文章分为三类，当然这个分类仅仅是为了便于叙述而勉强为之。因为大多数文章并非泾渭分明地只谈论写或只谈论读，而常常是读中有写，写中有读。

第一类是谈怎样写文章的一般方法和作文常识。

这类文章不是专门写给想当作家的人看的，而是针对所有想学写作的人，老舍谈了他对写作方法、语文学习方法以及对作文基本常识的看法。比如如何记事，如何写人物，如何练笔，如何选材，如何观察生活，如何抓牢每篇的重点，如何做到简练不啰唆，如何修改文章，如何运用和不滥用修辞，叙述和描写有什么不同，怎样判断文章的优劣，等等。这里列举几条原文，读者即可神会。

最好的窍门就是“每天必写”，“天天拿笔”，哪怕是写几十个字也好。(《从记事练起，天天练，认真练》)

作文第一要求清楚。文字清楚是思想清楚的结果，这并非是件容易的事。(《几句不得人心的话》)

文字的学习应当是随时随地的，不专限于写文章的时候。(《别怕动笔》)

文字现成，文章便显着清浅活泼，使读者感到舒服……(《散文并不“散”》)

用字与其俏皮，不如正确；与其正确，不如生动。(《言语与风格》)

第二类是谈阅读经验和阅读方法。

老舍阅读了大量古今中外的文学经典名著。这里像列菜单一样，不厌其烦，列出一些老舍书单中具有代表性的作家作品：古希腊、古罗马的史诗和悲、喜剧，如荷马的《伊利亚特》《奥德赛》等；英国的莎士比亚、笛福、弥尔顿、狄更斯、卡洛尔·刘易斯、康拉德、劳伦斯等的作品；法国作家如莫里哀、福楼拜、莫泊桑的作品；俄国的列夫·托尔斯泰、陀思妥耶夫斯基、契诃夫的小说；此外还有让老舍明白了“文艺的真正的深度”的意大利但丁的《神曲》，西班牙塞万提斯的《堂·吉诃德》，甚至有“美国自然文学之父”之称的约翰·巴勒斯的作品，等等。老舍在北京师范学校学习的五年时间里，曾在校长方还、国文教师宗子威指导下广泛学习中国古典文学。老舍对中国历代的经典作品十分熟悉，如《诗经》、《离骚》、《古文辞类纂》、唐诗、唐代小说、《水浒传》、《红楼梦》、《儒林外史》等。除了作品，老舍还广泛涉猎了大量历史、艺术史、文艺理论和哲学著作，如古希腊历史学家希罗多德、色诺芬等人的历史作品，意大利哲学家家克罗齐的著作，等等。

老舍说：“读理论永远不如读真正的作品。”（《读与写》）在这类谈阅读经验的文章中，老舍与读者分享了他读文学名著所获得的莫大的益处。读狄更斯，让他意识到“写作有进步，必会注意形式”。读英文的《爱丽丝漫游奇境》，让他明白“文字之好并不要掉书袋用典故”，明白“一篇作品用最浅显的白话文字写出来与用深涩的文字写出来两者相较，一定是白话文好，而且也很难”（《读与写》）。他对读理论和读作品的见解充满了智慧，很多青年不读作品而读理论，就如同是“想以药方焙成灰，用开水喝下去，便可治病，当然不可能，必须按方配药才成，作品就是药。”（《读与写》）

关于写和读的关系，老舍说：“要写作，便须读书。”“‘读’然后知‘不足’”（《写与读》）。老舍读书，一边读一边摸索适合自己的方法，还制订计划。比如为了读懂作家的小说，他便先通读历史；为了了解近代英法小说，他制订了“至少读每一名作家的‘一’本名著”的计划，并曾在一年多的时间夜以继日地读。老舍的这些读书经验，或许会令我们想起传统读书人奉行的朱熹读书法中的“着紧用力”和“居敬持志”。

第三类是谈文学的创作方法和文学鉴赏。

在深厚的阅读基础之上，又有成功的创作实践经验，老舍所谈的方法毫不晦涩，更不是无源之水，不是隔靴搔痒。尤其对文学创作中那些初学者必须面对的具体、细微的问题，老舍往往最能体会其中奥妙。如怎样描写景物、怎样刻画人物，怎样处理人物和事件的关系，如何用语言表现人格，等等。这里也直接列举几个例子便会令读者一目了然：

一件事必当有个特别的时间，唯有在此时间内

事实能格外鲜明，如雨后的山景。(《景物的描写》)

文艺则最好是写谁都知道的事，这才是本事。……在文艺上越奇怪的事越不感动人……(《读与写》)

……文学的生命，可是，并不寄生在研究上。文学生命的营养来自人生，不来自课本与讲义。(《文艺中的典型人物》)

细写不算不对，但容易流于冗长。为矫此弊，细写须要拿得起，推得开。……大开大合，大起大落，便不至于冗细拖拉。(《谈叙述与描写》)

写景不必一定用很生的字眼去雕饰，但须简单的暗示出一种境地。诗的妙处不在它的用字生僻，“只在此山中，云深不知处”，是诗境的暗示，不用生字，更用不着细细的描画。小说中的写景也可以取用此法。(《景物的描写》)

……假若机智是感诉理智的，闹戏则仗着身体的摔打乱闹。喜剧批评生命，闹戏是故意招笑。嬉皮笑脸并非幽默；和颜悦色，心宽气朗，才是幽默。(《谈幽默》)

老舍鉴赏文学的方式，立足于创作和他广泛阅读世界经典名著的经验，不是为了搞研究或发明某种理论，更不套用抽象的理论，让读者备感鲜活、亲切。

二

以上所讲三类内容，基本上也是编者选编这本《老舍谈写作与阅读》时遵照的内容分辑思路。全书分成三辑，每一辑用第一篇文章的篇名做标题，大致可以体现每辑文章的主题范围。第一辑是“怎样写文章”，是关于一般文章写作的方法和作文常识；第二辑是“人、物、语言”，是在阅读经验基础上谈文学创作经验和创作方法；第三辑是“写与读”，谈写与读抑或读与写的关系、文学阅读中的鉴赏、怎样读文学、怎样读书。读者可能会问，有的文章分在另一辑里是不是更适合？这个疑问是难免的，因为阅读和写作的关系是水乳交融、浑然一体，要求严丝合缝地只谈其一的想法只能是削足适履。

这些文章是如何选出来的？用什么标准来取舍？编者采取了三个原则。

第一，普遍适用性。选择那些对普通读者学习写作和阅读具有普遍借鉴意义的文章。特殊年代为应景而作的文章基本没有选。有些问题，可能因为比较常见或是比较难以把握，在不同文章里都会谈到，比如简练、修改文章、幽默、辞藻、修辞等，只要各篇文章侧重点不同就选入，尽量争取不遗漏好文章。

第二，现实针对性。选择针对普遍存在、又不容易认识清楚或不容易解决好的问题做辨析、解惑、指津的文章。比如怎样做到简练，幽默和闹剧的不同，白话中夹杂文言好不好，学生腔是怎么回事，使用修辞多了一定就好吗，等等。其中有不少文章所讨论的问题也正是当下教育、文化发展中面临的现实问题，比如古为今用的问题、文学遗产如何接受的问题、文言字词和白话文写作的问题，等等，这些话题当下仍在讨论，老舍的见解可以为我们解决今天的疑惑提供借鉴。

第三，方法实用性。应该说，这本书里的文章大都是思想和方法兼有，根据问题，表达思想，普及常识，再给出方法，比如针对文章修改，老舍说："字改不好，试去改句。同样地，句改不好，则试改那一段。"(《文章别怕改》) 比如针对爱用辞藻、言之无物的毛病，老舍说："好文章不仗着空洞的修辞来支持，而必须有生活气息，亲切动人"(《怎样丢掉学生腔》)，生活经验少，"便该老老实实，有多少说多少，说得真切生动。""观察得不对，或是你观察得太少，没有深刻的印象，抓不住一个清楚的形象，不要硬写。你须回去再看，直到看清楚了这个人，这风景，这事物，回来能用八个字、十个字或二十个字，一写就极精彩。"(同上)

三

读者读了这本书之后可以获得哪些启发？对语文学习可以有哪些帮助？这里从编者角度谈几点认识。

这本书不是教科书，那些贪图省力气的读者，以为读上几页就立刻获得写作的几个步骤，铺开纸就能妙笔生花，那是不切实际的，也是会失望的。不过读者在阅读这本书的时候，也大可不必从第一篇开始，一篇一篇照顺序读。先读哪篇都行。可以先看看文章的标题，对哪个内容感兴趣，就直接翻开。要每篇文章都读完，若能反复读几遍，做笔记，再根据自己的薄弱项，做一番归纳整理，收获定是非常可观。对怎样写文章的方法一定会有所领悟，对文章和文学的鉴赏水平会上到更高的境地。

方法易知，难的是付诸行动。阅读和写作，如果不养成习惯，是怎么也不能让一个人在生活中获得益处的。老舍说要“天天写，天天练，养成习惯，坚持不懈”(《从记事练起，天天练，认真练》)，“时时刻刻的留心，对什么也感到趣味”(《景物的描写》)，“要做一个写家，须先做一个‘人’”(《献曝》)，这是写作的态度，其实也是生活的态度。叶圣陶对于作文与生活的关系也说过几乎同样意思的话：“一个人要在社会里有意义地生活，本来必须要求经验和意思的精当，语言的确切周密。那并不为了写文章，为的是生活。”“写文章不是生活的点缀和装饰，而就是生活本身。”（《作文例话·序》）可见人生与作文并非两回事，作文也并非可以随时抛弃的“敲门砖”。在语文教学中，一个长期存在难题是，写作文成了学生“一怕”。既然是怕，就是态度出了问题。一个人不会写文章，可能多半是青少年时期没有学好，或者是方法不对，或者是思想态度不正确，或者也可能是没有遇到真正懂作文教学的老师。《老舍谈写作与阅读》这本书是一位好老师，可以帮我们认清楚为什么写和怎样写，这两个问题搞清楚了，我们对作文的认识可能会更真实。

选编这本书的最初的动机，是为中学语文教学提供名家读书和写作经验的参考资料，丰富“语文教师小丛书”的品种，把语文教师、青年学生作为首选的读者对象。末了，想引用叶圣陶的话，对语文教师读者再多说一点关于作文教学法的核心是什么的问题，希望教师读者能思考一下作文为何会成为学生“一怕”。叶圣陶说：“凡是好的文章必然有不得不写的缘故。……学生固然不想写什么文章，可是经老师一提醒，却觉得大有可写了。这样就跟其他作者的写作过程没有两样，学生也是为了有可写，需要写，才翻开他的作文本的。”（《作文例话·序》）读了这本书之后，教师自己固然可以知道怎样写了，但教师跟作家所不同的，是教师还须明白教什么，研究怎样引起学生写作的兴趣。激发兴趣，大概永远是各科教师必须研究的一门大学问。

这本书是从人民文学出版社2008年出版的《老舍全集》中选出来的，并以它为底本排印，在此致以诚挚的谢意。在编辑过程中修改了个别明显的错误，按照规范字表修改了个别用字和异形词，如“玩艺”改为“玩意”、“二簧”改为“二黄”、“胡涂”改为“糊涂”等，其他从旧。书中原有注释，编者对原有的注释做了核对、勘误和补充，并新加了部分注释，主要对作家名、文学人物名、作品名的旧译、正文中的外文等加了注释，以省去读者查阅的时间。限于编者学识水平，书中定有疏漏和错误，都由编者负责，欢迎读者赐教指正。

老舍创作的第一部长篇小说《老张的哲学》，最初是1926年起在商务印书馆创办的《小说月报》上刊发的，1928年，商务印书馆出版了《老张的哲学》和老舍的第二部长篇小说《赵子曰》。现在我们编辑出版这本《老舍谈写作与阅读》也许具有一点特殊的意义吧。

李节

2021年5月